請代我問候

三毛

Echo Legacy

而我們又想起了妳。

—總編的話—

像沙漠裡吹來的一陣風，像長夜裡恆常閃耀的星光，像繁花盛放不問花期，像四季更迭卻不曾遺忘各自的美麗。是三毛，她將她自己活成了最生動的傳奇。是三毛筆下的故事，豐盛了我們那一片枯槁的心田。

三十年了，好像只是一轉眼，而一轉眼，她已經走得那麼遠，遠到我們的想念蔓延得越來越深邃。

是這樣的想念，驅使我們重新出版「三毛典藏」，我們將透過全新的書封裝幀，吸引更多讀者走進三毛的文學世界。「三毛典藏」一共十一冊，集結了三毛創作近三十年的點點滴滴：《撒哈拉歲月》記錄了她住在撒哈拉時期的故事，《稻草人的微笑》收錄她從沙漠搬遷到迦納利群島前期，與荷西生活的點點滴滴。《夢中的橄欖樹》則是她在迦納利群島後期的故事，她追憶遠方的友人，並抒發失去摯愛荷西的心情。

除此之外，還有《快樂鬧學去》，收錄了三毛從小到大求學的故事。《流浪的終站》裡的三毛回到了台灣，她寫故鄉人、故鄉事。《心裏的夢田》收錄三毛年少的創作、對文學藝術的評論，以及最私密的心靈札記。《把快樂當傳染病》則收錄三毛與讀者談心的往返書信，《奔走在日光大道》記錄她到中南美洲及中國大陸的旅行見聞。《永遠的寶貝》則與讀者分享她最心愛、最珍惜的收藏品，以及她各時期的照片精選。《請代我問候》是她寫給至親摯友的八十五封書信，《思念的長河》則收錄她所寫下的雜文，或抒發真情，或追憶過往時光。

她所寫下的字字句句，我們至今還在讀，那是一場不問終點的流浪，同時也是恆常依戀的鄉愁。三毛曾經這樣寫：「我願將自己化為一座小橋，跨越在淺淺的溪流上，但願親愛的你，接住我的真誠和擁抱。」親愛的三毛，這一份真誠，依然明亮，這一個擁抱，依然溫暖。如果我們的眷戀有回聲，如果我們依然對遠方有所嚮往，如果我們對萬事萬物保有好奇——那也許只是因為，我們又想起了妳。

——導讀——

三毛傳奇與三毛文學。

明道大學中文系講座教授　陳憲仁

三毛寫作甚早，年輕時即曾在《現代文學》、《皇冠》、《中央副刊》、《人間副刊》、《幼獅文藝》等發表文章。但真正踏上寫作之路，應該是一九七四年與荷西在西屬撒哈拉沙漠結婚後，寫下一系列「沙漠故事」才算開始。

三毛的《撒哈拉歲月》是中文世界裡，首次以神秘的撒哈拉沙漠為背景的作品，對於長期蟄居在台灣島國的人，無異開啟了寬闊的視野，加上她的文筆幽默生動，內容豐富有趣，從第一篇〈沙漠中的飯店〉發表之後，即造成轟動，後來更掀起了巨浪般的「三毛旋風」。

一九七九年十月至十二月，《讀者文摘》在澳洲、印度、法國、瑞士、西班牙、葡萄牙、墨西哥、南非、瑞典等國以十五種語言刊出三毛的〈一個中國女孩在沙漠中的故事〉；《撒哈拉歲月》這本書的翻譯本，一九九一年有日文版；二〇〇七年有大陸版；二〇〇八年有韓文版；二〇一六年有西班牙文版及加泰隆尼亞文版；二〇一八年有波蘭文；二〇一九年有荷蘭文、英文、義大利文、緬甸文；二〇二〇年有挪威文。另外，個別篇章也有越南文、法文、捷克文等譯文相繼出現，可見三毛作品在國際間確有一定的分量。

大家提到三毛，想到的可能都是她寫的撒哈拉沙漠故事的系列文章，其實三毛一生的作品，包括小說、散文、雜文、隨筆、書信、遊記等有十八本，翻譯四種，有聲書三冊，歌詞錄音帶三捲，電影劇本一部。體裁多樣，篇數繁多，顯現她的創作力不僅旺盛，且觀照範圍遼闊。

在三毛過世三十年之際，我們回顧三毛作品，重讀三毛作品，可以以文學的角度、文學的樂趣來閱讀、來發現，則三毛作品中優秀的文學特性，如對人的關懷與巧妙的文學技巧，將能處處顯現。

我們看《撒哈拉歲月》裡，三毛寫〈沙巴軍曹〉的人性光輝：一位西班牙軍曹，因為弟弟在西班牙軍人被撒哈拉威人大屠殺的慘案中死了，仇恨啃咬了十六年的人，卻在一群撒哈拉威孩子誤觸爆裂物、面臨最危急的時候，用自己的生命撲向死亡，去換取他一向視作仇人的撒哈拉威孩子的性命。

又如〈啞奴〉，三毛不惜筆墨，細細寫黑人淪為奴隸的悲劇，寫其善良、聰明、能幹、愛家愛人，對於身處這樣環境下的卑微人物，三毛流露了高度的同情，也寫出了悲憤的人道抗議。

再如〈哭泣的駱駝〉，書寫西屬撒哈拉原住民——撒哈拉威人爭取獨立的努力與困境，呈現其命運的無奈、情愛的可貴，著實令人泫然！

而在中南美洲旅行時，她對市井小民的記述尤多，感嘆更深，哀傷更巨。當進入貧富差距大、人民生活困苦的國家，她的哀感是「青鳥不到的地方」；當她在教堂前面看到：一位中年男人、白髮老娘、二十歲左右的青年、十幾歲的妹妹，都用膝蓋在地上向教堂爬行，慢慢移動，全家人的膝蓋都已磨爛了，只是為了虔誠地要去祈求上天的奇蹟。

「看著他們的血跡沾過的石頭廣場，我的眼淚迸了出來，終於跑了幾步，用袖子壓住了眼睛。坐在一個石階上，哽不成聲。」

凡此，均見三毛為人，富同情心，具悲憫之情，對於苦痛之人、執著之人，常在關懷之中，她與人同生共活、喜樂相隨、悲苦與共。

三毛作品的佳妙處，當然不只特異的題材內容，不只流露的寬闊胸懷，還有她巧妙的寫作技巧。

我們看她的敘述能力、描寫功夫，都是讓人讀來，愛不釋手的原因。就以三毛自己很喜歡的《撒哈拉歲月．荒山之夜》為例，這篇文章寫三毛與荷西到沙漠尋寶，荷西出了意外，陷入沼澤中，三毛憑著機智與勇氣救出荷西。其文學技巧高妙處，約略言之，即有如下數端：

一、伏筆照應：

三毛把荷西從泥沼中救出來的東西「長布帶子」，是因為她穿了「拖到腳的連身裙」，才能將「長裙割成長布帶子」；荷西上岸後免於凍死，是因三毛出門時「順手拿了一個皮酒壺」。當後面出現這些情節，看到這些東西時，我們才恍然大悟，為什麼前面作者要描寫穿的衣服及順手抓起的東西？這種「草蛇灰線」的技巧，三毛作品中，隨處可見。

二、氣氛鋪陳：

當三毛與荷西的車子一進入沙漠，兩人的談話一再出現「死」字、「鬼」字，如：「上次幾個嬉皮怎麼死的？」、「死寂的大地像一個巨人一般躺在那裡，它是猙獰而又凶惡的。」、

「我在想，總有一天我們會死在這片荒原裡」、「鬼要來打牆了。心裡不知怎的覺得不對勁」。

成功的營造氣氛，不僅讓讀者有身歷其境的感覺，也是作品成功的要件。

三、高潮迭起：

三毛善於說故事，故事的精采則奠基於「高潮迭起」。〈荒山之夜〉即是這樣的作品，高潮與低潮不斷的湧現：三毛數度找到救星，卻把自己陷入險境；荷西數度陷入死亡絕境，卻又次次絕處逢生。情節緊扣，讓人目不暇給，喘不過氣。

三毛作品除了「千里伏線」、「氣氛鋪陳」、「高潮起伏」等技巧之外，還有一項「情景交融」，運用得更好更妙，像：

〈娃娃新娘〉，出嫁時的景象：「遼闊的沙漠被染成一片血色的紅」，象徵即將面臨的婚姻暴力。

〈荒山之夜〉，荷西陷在泥沼裏，「沉落的太陽像獨眼怪人的大紅眼睛，正要閉上了」，平添蠻荒詭異的色彩。

〈哭泣的駱駝〉，三毛眼見美麗純潔的沙伊達被凌辱致死，無力救援，「只聽見屠宰房裡駱駝嘶叫的悲鳴越來越響，越來越高，整個天空，漸漸充滿了駱駝們哭泣的巨大的迴聲」，以強烈的聽覺意象取代情感的濃烈表達。

三毛這些「以景襯情」的描寫，處處可見可感，如：

一、寫喜：

「漫漫的黃沙，無邊而龐大的天空下，只有我們兩個渺小的身影在走著，四周寂寥得很，沙漠，在這個時候真是美麗極了。」

這是〈結婚記〉兩人走路去結婚的畫面，廣角鏡頭下的兩個渺小身影，襯出廣大的天地，世界是兩人的。此時的愉快心情，完全不必說。筆觸只寫沙漠「美麗極了」，正是內心美麗極了的「境由心生」，同時也是「以景襯情」的寫法。

二、寫愛：

〈愛的尋求〉，「燈亮了，一群一群的飛蟲馬上撲過來，牠們繞著光不停的打轉，好似這個光是牠們活著唯一認定的東西。」

三、寫驚：

〈哭泣的駱駝〉，當三毛知道沙伊達是游擊隊首領的妻子時，那種震驚，「黃昏的第一陣涼風，將我吹拂得抖了一下。」

四、寫懼：

（三毛聽完西班牙軍隊被集體屠殺的恐怖事件後）「天已經暗下來了，風突然厲裂的吹拂過來，夾著嗚嗚的哭聲，椰子樹搖擺著，帳篷的支柱也吱吱的叫起來。」

五、寫悲：

〈哭泣的駱駝〉，（三毛想到她的朋友撒哈拉威游擊隊長被殺的事件）「打開臨街的木板窗，窗外的沙漠，竟像冰天雪地裡無人世界般的寒冷孤寂。突然看見這沒有預期的淒涼景致，我吃了一驚，癡癡的凝望著這渺渺茫茫的無情天地，忘了身在何處。」

六、寫哀：

〈哭泣的駱駝〉，沙伊達被殺的地方是殺駱駝的屠宰房。「風，在這一帶一向是厲冽的，即使是白天來亦使人覺得陰森不樂，現在近黃昏的尾聲了，夕陽只拉著一條淡色的尾巴在地平線上弱弱的照著。」

三毛傳奇，一直是許多人津津樂道和念念不忘的。在三毛去世之後，兩岸也出現了不少三毛相關的傳記，足見她的魅力和影響歷久不衰，甚至於近年來，學院中亦陸續有以三毛為題的研究論文出爐，三毛作品的文學價值漸受重視，此刻回思瘂弦〈百合的傳說〉中說過的話：「紀念三毛最好的方式，還是去研究她的作品。」、「研究她特殊的寫作風格和美學品質，研究她強烈的藝術個性和內在生命力，才是了解三毛、詮釋三毛最重要的途徑。」相信，《三毛典藏》的出版，帶給大家的正是這樣的方向與契機！

三毛二三事。

三毛家人

「三毛」並不存在

在我們家中，「三毛」並不存在。

爸爸媽媽和大姐從小就稱呼她為「妹妹（ㄇㄟˇㄇㄟˊ）」；兩個弟弟喊她「小姐姐」；在姪輩的心中，她是一個稀奇古怪但是很好玩的「小姑」。

「三毛」這個名字從民國六十三年開始在《聯合報》出現，那些甚至連「三毛」的家人都沒經歷過的撒哈拉沙漠生活，讓我們的「妹妹」、「小姐姐」、「小姑」頓時成了大家的「三毛」；但即使在她被廣大讀者接受後的七十年代，家中仍然沒有「三毛」這個稱呼，大家一切如常，仍然是「妹妹」、「小姐姐」。儘管父母親實在以這個女兒為榮，但家人在外從來不會主動表示「三毛」是我的誰。記憶中，母親偶爾會在書店一邊翻閱女兒的書，一邊以讀者的身分問店家：「三毛的書好不好賣啊？」每當答案是肯定的，她總會開心的抿嘴而笑，再私下買兩三本三毛的書，自我捧場。父親則是有一次獨自偷偷搭火車，南下聽女兒在高雄文化中心的演講，到會場時發現早已滿座，不得其門而入，於是就和數千人一起坐在館外，透過擴音器聽女兒的聲音，結束後再帶著喜悅默默的搭火車回台北。

父親還會做一件事，就是幫女兒整理信件。當時小姐姐在文壇上似乎相當火熱，各地讀者雪片般的信件每月均有數百封。一開始，三毛總是一一親自閱讀，但到後來讀者來信實在太多，對身體不好的三毛成為極大的負擔；不回，則辜負了支持她的讀者的美意，一一回信，簡直不可能。於是父親就利用其律師工作之餘，每天花三四小時幫小姐姐拆信、閱讀、整理、分類、貼標籤，再寫上註記，標明哪些是要回的、哪些是收藏的。十多年來甘之如飴，這是父親用行動表示對女兒的愛護。而這十幾大箱讀者的厚愛與信中藏著的喜怒悲歡，已在小姐姐葬禮中全部火化讓她帶走。

「三毛」是她的光圈，但在我們看來，那些名聲對她而言似乎都無所謂。她的內在一直是陳平，一個誠實做自己、總是帶著點童趣的靈魂。她走過很多地方，積累了很多豐富的經歷，但也因為這些經歷、辛苦和離合，她的靈魂非常漂泊。對三毛的好朋友們、三毛的讀者，和身為三毛家人的我們來說，我們各自或許都看到了、理解了、感受了某一個面向的三毛，但又沒有人能真正看透全部的她。因此我們各自保有對她不同的記憶，用各自的方式想念她。這些記憶或許看似瑣碎，但是對我們來說，是家人間最平凡也最珍貴的回憶。在此身為家人的我們，願意和大家分享這些記憶，做為我們對她離開三十年的懷念。

從小就不同

「小姐姐」在我們家是一個說故事的高手。三十多年了，關於她，我們家人總有一個鮮明的印象：吃完晚飯後，全家人齊坐客廳，小姐姐把頭髮往上一紮，雙腿盤坐，手上拿一大罐面霜，一邊塗臉按摩，一邊「開講」她遊走各地的事。這些在一般人說來平凡無奇的經歷，從她口中講來則是精采絕倫，把我們唬得一愣一愣的。所以小姐姐總說自己是「說故事的人」，不是作家。

其實三毛從小就顯現她與眾不同的特點，譬如有一次她向母親討了點錢，去買了一支當時非常貴的馬頭牌花生口味的冰棒，然後抓著姐姐到離家不遠的一個山洞（防空洞）裏，把冰棒慎重的放到鐵盒做的香煙罐裏，說：「這裏涼涼的冰棒不會化，明年夏天我們就還有冰棒可以吃啊！」第二年的夏天，姐妹倆真的手牽手回到山洞裏，把已經發黃鏽掉的鐵罐挖出來，一打開，哇！只有黃黃濁濁的水。這是她從小可愛的一面，而這份童真在她一生中都沒有消逝。

另外當時我們重慶的大院子裏有個鞦韆，是她們姐妹倆喜歡去的地方。但因為院裏埋著一些墳墓，於是每到天黑姐姐便拉著妹妹想回家。但三毛從小膽子便大得很，總是在鞦韆上盪啊跳的，非摸黑不肯走。除了善良、憐憫、愛讀書，小姐姐同時勇敢、無懼又有反抗心，從小就很有想法，四個手足中，似乎只有她一個是翻轉著長的。她後來沒去上學，現在回想起來，在那個小小的年紀裏，我們自己對人生的態度已經不自覺的顯現出來了。

一切憑感覺

熟悉她的讀者或許記得，三毛曾在沙漠用棺材板做沙發。有時候想想，這個能用棺材板和輪胎把家裏布置得美輪美奐的女人是我的姐姐、陳家的女兒，我們都覺得不可思議。因為回到台灣以後她與爸媽同住，一間不到五坪大的房間，除了書桌、書架和床之外，一切可說非常簡單。但是在她自購的小公寓可就不一樣了，這個位在頂樓不大的鳥居，屋內所見幾乎全部是竹木製：木製牆面、木桌、木鳥籠（裏面裝著戴嘉年華面具的小丑）、竹籐沙發。對我們兄弟姐妹還有我們的小孩來說，那裏是個很特別的地方，完全散發著她個人獨特的美感。

除了家居布置，小姐姐手也非常巧，很會照顧身邊的人，和荷西在一起，可以把他養得白白胖胖，讓他天天想著吃「雨」（粉絲）。但對她自己來說，「吃東西」是非常無所謂且不重要的事，尤其在她專注寫作的時候。她在台北的家有冰箱，但常是空的。她工作起來可以沒日沒夜不吃飯不睡覺，所以我們家人經常買點牛奶、麵包、香腸、牛肉乾、泡麵放在裏面。記得有一次我們去看她，一打開冰箱，裏面空空蕩蕩，只有一條已經咬過幾口的生香腸。我們都大驚失色：「這是妳咬的嗎？」她說：「是啊！肚子餓了嘛！」

另一個她較不在意的便是金錢。小姐姐儘管文章常上雜誌報紙，但是稿費這部分，她一律不管，全部交給母親打理。她常說「我需要的不多」。事實也是如此，她最常穿的是一套牛仔工裝吊帶褲，塑膠鞋和球鞋，高跟鞋是很少上腳的。

不為人知的「能力」

在家中，基本上父母親是不喝酒的，即使應酬，也只是沾唇而已。但是這個二女兒不知是否得了祖父或外祖父的遺傳，她可以喝一整瓶白蘭地或威士忌不會醉倒。但她並不常喝，除非找到能一起說話的朋友。至於煙，小姐姐倒是抽得兇，每次去老家巷口的家庭式洗頭店，總是一邊說故事給老闆娘和其他客人聽，一邊手上一根根的抽，一個小時下來，可以抽上十來根，寫作的時候亦是如此。她抽煙總是用火柴而不用打火機，為的是燒火柴時那股「很好聞，有硫磺的味道」，同時燒火柴時「有火焰，有煙會散開，感覺很棒！」對她來說，火柴是記憶的一部分，會幫她增加靈感。

三毛記憶力很好，而這份記憶力或許在語言上也對她助益頗深。我們家父母親彼此說的是寧波話與上海話，到台灣以後，小姐姐日常說的是國語，但和二老講話時則換回這兩種語言。出生在四川的她除了四川話頗為流利，日後又和與她很親近的打掃阿姨學了純正的台灣話，完全不帶一點外省口音。她在台灣的日商公司短暫幫忙的日子中粗通了日文，並在出國後把西班牙文、英文、德文也統統收到自己的百寶箱中。中文和西班牙文是她這九種語言中最精通的兩種，每當父親有歐美的客戶或友人來台時，三毛總會幫著父親，讓大家賓主盡歡。

充滿愛的小姐姐

小姐姐一輩子流浪的過程中，或許都在尋找一份心裏的平安和篤定，好不容易有了荷西，他卻又撒手中途離去。除了荷西，小姐姐也很愛她的朋友們。三毛對朋友基本上無分男女、國籍、社會地位、有學問沒學問、知名不知名，一旦當你是朋友，她就拿心出來對你。她笨笨的、不會說捧人的話，但是對人絕對真誠，而且對不足的人特別的關心。她有很多很多的好朋友，而這些朋友對三毛的生命造成或大或小的影響。

不過她似乎習慣四處流浪，她說：「不要問我從哪裏來。」於是有了〈橄欖樹〉。當這首膾炙人口的歌不斷被翻唱之際，身為家人的我們除了為她驕傲，也為她心疼。她流浪的遠方不是一個我們能觸及的地方，但也因為是家人，我們比旁人更能看到她的快樂、傷痛和辛苦。另外一首最能代表她年輕的心情的歌則屬〈七點鐘〉，由三毛作詞，李宗盛作曲，描述年輕時約會的心情。詞裏寫道：「鈴聲響的時候，自己的聲音那麼急迫，是我是我是我……是我是我是我……」是啊！這就是我的小姐姐，這樣的小姐姐。

不再漂泊

對很多讀者來說，「三毛」，這個像吉普賽人的女子變魔術一樣的來到人間，寫下一篇篇故事，然後又像變魔術一般的離開。三十年了，三毛仍在你們的記憶中嗎？

在我們家中，「三毛」不存在，但是三十年前的那天，父母親和大姐口中的「妹妹（ㄇㄟˇㄇㄟˊ）」，我和我哥哥的「小姐姐」，走了。

我們很想念她。

儘管，我們不敢說真的完全理解她（畢竟誰又能真的理解誰），但是她非常愛我們，我們也非常愛她，對於家人的我們來說，足矣。對於她的驟然離世，父親有一段話，他說：「生命的結束，是一種必然，早一點晚一點而已，至於結束的方式就不那麼重要了。妹妹的離開，做父母親的固然極度的悲傷、痛心、難過、不捨，但是她的離開是我們人生的一部分，我們只能接受這個事實。妹妹豐富的一生高低起伏，遭遇大風大浪，表面是風光的，心裏是苦的。幸虧有家人和朋友的關懷，不然可能更早就走了。她曾經把愛散發給許多朋友，也得到很多回報，我們讓她好好的平靜的安息吧。」

如果有另一個世界，親愛的小姐姐，希望妳不再漂泊。

給小姐姐的一封信。

三毛弟弟 **陳傑**

小姐姐：

離開我們至今，已經三十個年頭了，還是很想念妳！每年都會去墓園跟妳和爹爹姆媽說說話，墓前總有不知名的讀者為妳獻上一束花；妳寫的故事，在一九七四年代後的二十年間，滿受讀者喜歡；本來想，一個人的盛名，總有凋零的一天，可是這麼多年過去，妳的書以及透過妳眼下看到的世界，反而在華文以外的國家開始受到矚目；除了不少國家詢問相關出版事宜，紐約時報、英國ＢＢＣ廣播公司所出的雜誌，還有Google都推文介紹「三毛」這位華人作者；然而以妳的個性來看，可能有點煩吧？妳從來都不是在意虛名或是耐煩生活瑣事的人，妳一直以來找尋的，總是靈魂的平安和滿足。身為弟弟的我，時不時想著，這些妳走過一生的紀錄，不如就讓它隨風而逝吧！只願妳與荷西在另一個時空裏，不受打擾地繼續兩人的愛戀情懷，這樣也好；世間事留給我們來處理，不去麻煩妳了。

二〇一八年，在妳與荷西結婚四十四年後，我們陳家人終於遠赴西班牙，拜訪了荷西一家人，這個緣分遲了幾乎半個世紀方才達成。荷西家人對我們很親切，為了一對離世的佳偶，兩家人將這個未嘗會面的缺口，補成一個圓滿的圓；從未到過西班牙的我們，儘管語言不通，透過比手畫腳、翻譯和老照片，兩家人在彼此的分享中，似乎又對妳與荷西的生命更了解了一些，就像是一本書的補遺，由於多了幾行字句，因而讓內容又變得圓滿了些。這樣的相見，是陌生但又溫暖的。我們兩家人不熟稔，但共同擁有一份思念。

另外和妳報告一下，我們也飛到大迦納利島和La Palma島，追憶妳和荷西曾經擁有的小房子，當地旅遊局特別在荷西潛水過世的地方，做了一個紀念雕塑，還出版了一本《橄欖樹與梅花》的書，來紀念妳這位異國女子在當地的生活片羽。這個曾在妳心中劃下深刻的快樂與苦澀的地方，現在它也把妳的面容永遠收藏了起來。在台灣，國立台灣文學館收藏了很多妳留下來的文物，並出了一本《三毛研究彙編》收集別人對妳的分析；在大陸，妳思之念茲的浙江舟山小沙鄉多年來做了很多與三毛有關的活動，像是「三毛祖居紀念館」、「三毛文學獎」等，還種植了橄欖樹林。四川重慶二〇一九年也設立了「三毛故居」，這些林林總總紀念三毛的方式，讓我們有點應接不暇，感恩但也疲於奔波。小姐姐，妳在乎嗎？天上與人間的想法也許是兩極的，但希望妳知道，不管是過去現在還是未來，我們家人總是以妳為榮，總是想保護妳，希望妳是歡喜的。爹爹姆媽在世時，也都感受到妳帶給他們的喜樂，挺好的。

妳的伯樂──平鑫濤先生也到天上去看妳了，要謝謝他的賞識，把三毛從殘酷的撒哈拉沙漠中挖掘出來，在世間成為一朵亮眼出眾的花；妳曾經對大姐說過：「姐姐，我的一生活得比妳精采十倍」，確是這樣；妳這顆「撒哈拉之心」，明亮過，消逝了，足以對世間說：好了，對嗎！

三十年，一個世代的過去，人們還記得這位第一個踏上撒哈拉沙漠的華人奇女子否？妳的一篇篇故事在他們心中還有回憶嗎？妳把生命都放下了，那些世間事何足留念，不必，不必，在天上再去做個沙漠新娘，讓自己開心一下，好嗎！

目錄

三毛全家福，由左至右是爸爸、三毛、大姐陳田心、大弟陳聖、小弟陳傑、媽媽。

致最親愛的家人

父母及姐姐

快樂的日子，傷哀的日子，構成我的哀樂半生。

我深深的感激你們，如果不是我全家人對我的愛，我會有今天嗎？

我雖一無成就，一無事業。但是上帝給了我全世界人的「心」。

一九六八年九月六日。

姐姐：

回來馬德里十二日，人是病得一塌糊塗，月事不停的來，胃痛，腹瀉，接著口腔內化膿腫痛發燒，人幾乎不想再活下去。Joaelin[1]來過好多次長途電話，人如瘋了一樣在憂急。姐姐，我已去信請爹爹、姆媽幫助我這下一年的生活，我要去德國，看見Joaelin這個樣子我也不得不去了，昨日來電話，一叫他名字，他就說「人好了沒有」，然後一句也講不出來，我自己拚命哭，一個電話打了好久，沒有說什麼，兩人都激動得不得了。他那個性本來就是個急性人，我一個人在此再長久分下去他第一個要崩潰了，而此次我回馬德里，本想兩人可以淡忘，但沒有辦法，我一跟他在電話裏講話，他就弱得不得了，這人完完全全變了，從前野心十足，現在只要能早早安定下來，怎麼也甘心了。今天他來快信，一封信郵票十七馬克（約四塊美金），寫得很多，他自己亦要寫信給爹爹、姆媽，但叫我寫信給妳，求妳替我們跟爹爹姆媽處去講講，他十分十分喜歡黃均運，也信任妳。雖然我這一年如果結婚仍得家裏幫助我，但我們目前情形這樣心理負荷太重，我不怕開口求爹爹、姆媽，因他們是世界上最愛我的人，我現在這樣下去自己也堅持不下去了。姐姐，妳去跟家裏講，給我十月初去柏林，我在此一樣花費，而我本想聖誕節去，但如繳「馬大」學費又是一筆費用，不如現在就去德國，我可先住「學生村」，等一有「夫婦宿舍」空出來我們即結婚，所謂結婚不過是辦辦手續簡簡單單而已，但我知道，爹爹姆媽當我寶貝，我就此嫁了Joaelin，他們心裏不知會覺得有多可惜，但我們感情很好，他太愛我了，我將來萬一後悔也認了，凡事都是命中注定，如果這一次的愛情再錯過，我一生一世都要懊死。請妳去跟家裏講，Joaelin可憐，電報、電話，如我再不去，他錢全花在這上面，當初交友時絕沒想到他如此如此癡情。姐姐，我和他情形也不多講了，請妳幫我忙，姐夫回來一定大吃一驚，當時在M島我告訴他我有本事去美國，忘掉它，他說不會，反而相反，只會更想去柏林，果然被他說中。姐姐，妳去跟爹爹、姆媽商量，我們省省用過這一年，明年十月他可唸出來，我們兩人做事賺錢寄回來，我永遠也不會明白這樣做是對還是錯，但目前我們分不下去了。我計算妳最快最快也得十一日方收到這信，請馬上跟家裏掛電話，快快給我回信好嗎？因我要去使館辦手續，我昨日有家信去，只說十分希望爹爹姆媽幫助我，但我沒有堅持，我知道如果我去美，J必傷心得不得了，我也沒有一定要去另找對象的必要，妳是家中老大，妳去講講勸勸，也許他們會答應我，只說我想早點去德，我結婚什麼也不用，我穿長褲都不要緊，但J也不會虧待我的，總說有錢了總給我足夠打扮的衣著。我也不多講了，這一陣心情負荷太重太重，夜間夢哭，白天人沒精神，這樣下去是最不好的事，請妳幫助我，這事錯或不錯都已成定局。我改變了很多，沒有一點虛華富貴名利之心，只望我窮窮的但快快樂樂就是，明年J一賺錢，再苦也按月寄一點點回來給家中，姐姐，如果家裏要我再考慮，我目前這一段

【本書註解皆為原書註】

1. Joaelin是三毛在德國求學時的男朋友。

日子就過不下去了，但妳不要去嚇他們，樂觀一點去講，告訴他們江家大妹的例子，我不是普通女孩，我不在乎美國的博士之流，我也不怕我苦，我自己找的，如果這二年內沒孩子來也不會有什麼麻煩，J這個人一向不十分樂觀，分下去他根本書也唸不下了，再弄弄他說不定自己又跑來馬德里。我要去德國，請跟家裏講，目前我尚有三百十元美金（姐夫另有一百給我不算在內），爹爹到十二月前不必寄來，請快給我回信，妳看情形，無論他們答不答應都來信告我，只用簡單寫寫就寄出來給我。這是我第一次真真求妳，請妳明白我，我們感情在一起時應算很好，如果我現在在外真正在意的也只有妳和爹爹姆媽和兩個弟弟，我真的什麼也沒有了，再拖下去我受不了，我請妳幫忙我。信任Joaelin對我的感情，雖然他有許多缺點，但我知他真真愛我，不多寫了，請快回信。蕙蕙好了嗎？芸芸是不是在等爸爸？

PS. 我之前十月想去主要是學生村有房子，只付單人房七百五十台幣，夫婦宿舍只付一千五百台幣，如不早去沒有辦法住了，住外面又太貴。

妹妹

MADRID

一九六八年十一月三十日。

姐姐：

夢中見到芸芸、蕙蕙不知多少次了，奇怪的是兩個小孩在夢裏清清楚楚。許久沒有給妳寫信了，妳婆婆黃伯母開刀我由姆媽處知道，不知好了沒有？外公外婆要赴台，看家中來信爹爹姆媽心事重重，外公脾氣妳知道的，實在不講理，像小孩一樣，前年他來一月，一天到晚拖著我，才一個月我就受不了，現在來不知是否要長住？小阿姨自然常常來我們處，毛毛唸書怎麼辦？姆媽忙做吃的尚得應酬外公，因不陪他是不行的。我看爹爹來信很愁的樣子，這事我都不能想，恨不得自己尚在台灣，陪外公也就罷了，雖然不情願總可減點姆媽的重負，現在怎麼辦？

我學一月德文，成績很顯著，一個月前一點也不會講的人，而今已可表達些淺近的句子了，學校保證我們三個月說德文，我相信沒有問題，「歌德」實在是好學校，如果我能學成德文，相信這將是我文法發音根底都最好的語文，英文比較之下倒沒有根底。現在生活除了上課（由下午三點到七點，天天上）之外，回來吃好晚飯洗好碗，就是唸書到夜十二點，早晨九點起床梳洗完畢再唸到二點，下午走去上課，生活完全沒有娛樂，沒有聲音，也沒有什麼盼望。Joaelin每二、三天來兩三鐘頭，我煮些東西給他吃，吃完他又去了，大家功課逼死實在沒有時間吃、玩、見面，這種緊張生活我居然也過下來了，每天數星期六，因為週六Joaelin會來接我跟他去同唸書到晚上，星期日清早再來接我去宿舍同唸到夜，這也許是我最大的快樂了，平日沒有一個可說話的人，學校同學各自忙各自的，趕來上課上完了一衝而散我也交不到什麼朋友，自己也無時間。Joaelin總算對我好，雖然我們彼此反悔了沒有結婚，但也是情勢無法結婚，平日生活細瑣事情他實在實在太細心周到了，無論我銀行、居留、警察局、註冊，甚至寄掛號信全是他在陪著弄，昨日因我健康保險要查全身身體，由眼睛、鼻子、牙、脊髓骨、腹、心臟、X光、血液小便全部查過（請告訴家裏本人大概全部沒病），Joaelin步步相隨，由早七點半陪到下午，這種事我一生也沒人如此對待過。生活在此雖然精神上物質上都稍稍有點苦，但這一年裏為著Joaelin我也得使自己快樂起來，明年如果冬天他能結束學業我們再做打算。心情常常萬分沉重，好幾天Joaelin不來我便可以繼續三四天不講話（學校不算，上課答問題不是講話），他一來我就是要哭，我一哭他又難過，覺得我在德沒有好日子過，其實不是的，只是常常覺得太寂寞了，這是個冷淡的城市，彼此無時間來往，外國人來住實不太能習慣。

　　我的頭髮掉得很厲害，在西國時就拚命掉，我並不在意，在夏天Mallorca島時掉得一把一把的，來德後更甚。直到前一星期左右我洗頭突然發覺怎麼頭頂心的頭皮都可看見了，人真真急死，我這二星期來人方急瘋了，真的少得不得了，一把就可握住全部頭髮，這是突然發現的，以前沒有注意到，現在我換了頭路梳頭髮，把少的地方蓋住，但如果再落下去怎麼辦？我如果落成禿頭我會發瘋，Joaelin也落髮，但他是男的不要緊，我甚至想明年回台來，如果是氣候、食物不服不該落得如此，Joaelin說如果再落下去我回台灣，看看會不會好，我下月要去看醫生了，我真急死，這事一想就悶悶不樂。

在此吃得不好，但人胖了，因一天到晚牛油麵包和麥片果醬是我主食，魚肉吃罐頭的較省也較省事，蔬菜很少吃，今日吃一棵白水煮菜花居然津津有味（拌肉鬆）。平日唸書而已，很少別的娛樂，這也值得，如果一年後會講德文又是一國語文。來德二月吃過二次新鮮肉，這是大家都如此生活的，但本人活得頭暈眼花，而一月四百馬克一個也少不了，如果天天吃些肉那麼生活費不能平衡。明年我想找個一百馬克的房子，可以省些錢（目前一百六十馬克，即一千六百台幣）。此地已下過一次大雪了，明天可能又會下，好在如下雪J再忙也會趕來開車送我去上課，這種事不愁的，他是個好男朋友。

姐姐，如果妳有看過報紙書刊請收集起來用船寄寄來給我好不，但這不重要，我只是隨口說的。我在此看不懂報，國際間發生什麼大事全是Joaelin講給我聽，他又很少講，只顧他自己看，結果我的世界如同被封住了一樣。

姐夫尚好嗎？請妳特別問候他，Joaelin也問候他。

兩個小姐有沒有照片？我來德至今尚未有閒有錢拍照，明春拍些寄回來給你們。

碧珠好嗎？請妳告訴她，今年聖誕節我沒有錢寄卡片給她了，但寄不寄一樣記得她。

聽說大弟將來德，是來柏林還是去西德？

我聖誕節將去J家過節，一月三日他妹妹結婚我會留下來。Joaelin的媽媽、弟弟都已來信叫我去，這一家人對我實在夠好，台灣蘑菇他媽媽在Böblingen買罐頭再寄來柏林給我（想我是台灣來的自愛吃土產），平日常有長途電話來給Joaelin。不多寫了，妳不必回信，有空才寫。

妹妹

一九六九年一月十四日。

姐姐：

今天收到妳和爹爹同時來的信，真是喜出望外，尤其此次蕙蕙照片真的換了一個人，怎麼胖得那樣，真正好看，毛毛抱著那張也拍得好，是誰拍的？以前照片拍得距離太遠了。我下午帶去給同學們看，人真奇怪，這裏漂亮小孩太多，我看了一點也不動心，蕙蕙芸芸照片一來我就喜歡。妳有孩子的事我竟然到現在才知，大吃一驚，希望這次不要是雙胞胎，一個小孩由小帶大有多辛苦不易，三個足夠了，以後不要再有，生男生女都不要過分看重，我倒喜歡女孩子，這年頭都是一樣。來個小的也好，起碼芸芸可以學學做姐姐，要她不許搶東西，從前兩個一樣大，她自然不懂得讓。妳存的錢千萬不用寄來給我，我在此用不著，人全變掉了，吃的穿的全無欲望，如果不是生病，聖誕節送禮所用比西國還少，西國時的好日子不去想它也罷。此地就是學費貴，但教得可真正好，我苦於唸書，但也很高興德文根底被打得扎實，西班牙文我自己學的，從來沒有人有條理的教過我，德文就不同了。但下月又得繳學費了，我Cary所賺只收到三百馬克，去信要其他六百馬克，他們卻不寄來（有合同在不怕它賴掉，只是氣它怎麼不寄來），一學期六百五十馬克實在太貴。我現唸的是一種緊的班，九個月保證可跟得上一般德國大學的課程，我預備唸完九個月就拿證書，便不再唸了，那時大約是今年八月左右

（Joaelin都已在考他的學位考試，到十一月約可全部結束）。如果J不失敗的話，冬天我們找事結婚，如果通不過考試（太多了，他有七科，一科考足五小時），我希望回台灣來，因長期用爹爹錢心中實在不是滋味，美國人情淡薄我亦不想去，如去找對象於我又談何容易，我沒辦法為了找丈夫去交朋友，好在我也不急。Joaelin在生病，發燒發到四十度，上星期我剛由西德回柏林，功課跟不上，人急瘋了，J天天夜裏來補習，結果大概受了涼，咳得不得了，後來我亦傷風咳嗽，他又把醫生給的藥給我吃自己不吃，因兩人實在太忙無法一再去看醫生（要等很久）。從家中回柏林後，J就沒吃過東西，一天一片麵包，騙他吃、生氣全沒用，他說吃不下。星期六日我一直在陪他，結果他卻迫我躺著吃藥（我沒有發燒，只是傷風）。現在我好了，他卻一直在病，住得又遠，我兩天沒去看他，也不知他怎麼了，雖說J是德國人，但病來了一樣無人理睬，他又急功課，人躺著才五分鐘又撐起來打字，打字全身虛汗溼透又去躺一下，這人身心負荷全放不下，因此不可能快樂。對我的感情與其說是我的安慰，不如說是他的安慰，因他照顧我反使他自己覺得有個人可以關心，德國全是寂寞的人，誰也不在乎誰。如果不是為了Joaelin，我現在就想回來了，總也捨不下他，這種感情跟從前男朋友們又不同，現在兩個人，什麼全得自己來，日子完全不羅曼蒂克，他亦很少帶我去玩，偶然買個雞罐頭都得想個半天，蔬菜偶爾吃一點卻讓來讓去的，有時我氣起來常常對他講，「我們回台灣去，一天到晚給你吃肉，吃蔬菜，又不是什麼了不起的東西，德國卻偏偏沒有。」實在想回來，只望J快快畢業找個好事做，我們好快快回來，但如今煩他唸不出來，我要回來了，沒法再在此等下去，找工作也不易，回台灣等他吧。

我的病完全是心理病，一回柏林馬上又不好了，腹瀉，脊椎又痛，傷風咳嗽，人不快活，在Böblingen時起碼天天跟J在一起，真正怕死寂寞了，現在又每天一個人。

此地地面全結冰了，走起來很不容易，昨天上學，在最熱鬧的一個廣場上滑了一跤，真丟臉！冬天靴子至今沒有買過，冬天反正也快過了。最冷時零下二十度我一樣上學。

寶寶仍是老樣子嗎？我實想回來，但想想爹爹心情自己就不忍，我知道他十分擔心我的婚事，如果回來了還是不結婚住家中，他豈不先急死。兩個弟弟又糊里糊塗的，毛毛考大學我實天天在擔心，萬一考不上怎麼辦。

不多寫了，謝謝妳寄生髮油給我，我頭髮真的只有一點點了。

大弟不出國我很贊成，如果有很多錢帶出來，不愁時間，好好過日子慢慢遊山玩水，偶爾上上課自然另當別論。學工的又方便一點。

請問候姐夫，Joaelin常常念著他。碧珠若要離開請她留新址給妳。因她曾送我一大聖誕卡片我尚未回信。

妹妹

一九七三年八月二十日。

親愛的全家人：

我已經三十幾小時沒有睡覺了，香港啟程時間是八點左右，坐了二十小時飛機，到倫敦是清早六點半，排隊三小時入移民局，所有的三百多乘客全部放行，只有我一個人因為護照的原因，被關在移民局的暫時牢獄裡。我申辯無用，我要求警方送我去另一機場趕赴西班牙飛機，他們笑笑說好，但後來他們特別拿了我的行李，在眾目注視之下坐上警車，放我入一個如西方收留犯人的地方，女警察守著我，我問他們理由，他們說他們只關人，不能答覆理由；我要求見律師，也不允許；要求打電話給爹爹朋友，他們代打，但黃律師不在倫敦。問他們我要留多久，答覆也是「不知道」；問為何要關我，是否所有過境的人他們高興就關？他們說只關沒有簽證的人，我說我不需要簽證，因為我不進入他們國家，我只是不幸被旅行社安排在一個需要換車的機場。他們說「那就是有偷入境的意圖」。可能安排我回香港，我想那是不可能的，我並不緊張，只是沒有人給我申訴，不許見律師，這種倒像電影裡的最黑暗冤獄案件，我的一生什麼怪事都發生過，想不到又來一樁，這信因為是用中文寫，所以他們要找到翻譯的人才可代寄。這裡面有好多人，已經關了不知多久了，他們已經沉默到不願再申訴，我要求見律師時他們有一個用德文說：「妳算了，沒有用的。」英國人馬上大叫：「不許說外國話，妳的英文足夠妳在倫敦做律師，妳下次再敢講外國話，我關妳到小房間去！」有一個女警察跟我說西班牙文，她被上司拉了頭髮拖出去，過了半小時她眼淚汪汪的出來倒茶。我想英國人可真是兇，因為他們怕那個女警察同情我。這是移民局的拘留所，我想裡面有吃有住，逗留一下也是一種經歷。如果你們收到這封信我大約也沒事了，就怕被送回台灣來，因為有一個裡面的已被送回他的國家（也是換機場，被視作意圖偷入英境）。

一個中國人，就因為自己的一張護照是台灣的，已經成為一個沒有法子申訴的犯罪行為，如果要打國際法庭的官司都找不出證據。我照相機被沒收了，所有的東西全沒收了，只有身上一件衣服和囚衣，我拒穿囚衣，因為我要律師，要移民局告我，好有審判，但他們說會在很久很久以後。如果我寄完這信過十天沒有電報來，請打長途電話給偉權，我想再關幾天我一定潰不成軍了。經過這次事情之後，我想我會很快回台灣來，一個沒有國家保護的中國人在外的血淚史我想還有很多很多，我想世界上的事並不公平，但我儘量鎮靜自己，不要流露出一點點軟弱的表情來，我在跟守著我的移民局主管談台灣的經濟和政治，還有我們的生活，有三個放下工作來聽，他們說很對不起，是上面要關的。我談話他們很愛聽，但不能放我有什麼用。

爹爹，姆媽，你們想想一個人這樣的經歷多麼有意思，我作夢也想不到會在這裡，我告訴他們，你們隨便關，我實在不急，他們說不會關妳太久，因為要送妳出境回香港。我想我真需要些鎮靜劑，我很累，不給我見律師是不公平的。黃律師去了香港。這種不公平的待遇有一天我要報復他們，這也是今天莫名其妙被押回國的一個黑人大叫的。我說你們的電視《復仇者》已在台灣演，我是一語雙關，他們很聰明，他們笑了，說我很會用「英文」。我想我還可多撐一陣，如果被放了，我想我這一次精神上的刺激會使我做出許多以前不會做的決定，有一天中國人不會再這種樣子。

我被叫去聽審，我的資料已經打了小小一本書那麼厚，我看到這些心裡不禁有些佩服他們工作的精神。那不是法庭，是移民局，他們用「偷渡入境」的罪名起訴我，如果我同意被解遞出境，並且同意簽字認罪，我可以今天離開英國。我笑起來，我告訴英國人，你們實在太滑稽了，這不過是一次機場轉機的一個小誤會，而你們弄得像一個大罪案，他們說「現在妳可以找律師告我們，如果妳不同意離境。」我說我同意，但是你們一定要聽我對自己、對你們、對這種不公平的待遇的批評，如果你們不聽，我就不走，我起訴。他們說要聽，我就一件一件分析給他們聽，批評他們的錯誤，頭腦簡單，沒有人情味，沒落的帝國尚在做著褪色的美夢，以為英國還是全世界人嚮往的地方，不知道自己的處境，自尊，自大。我講完了，他們聽完了，他們說：「妳實在是了不起的女孩，妳知道我們如果不是為了妳的護照，一定更加敬愛妳。」我一聽又氣起來了，不過他們全對我很好，因為已經結束了。我被送回來，睡一下。晚上八點被解遞出境，機場在四十公里外，倒解決了我的車費。他們說回香港他們也付費。

我現在在英移民局有案，我想過三個月在馬德里再申請試試，如果被退回，就是一輩子也別想來英國了。

英國郊外景色如詩如畫，實在美麗。國內人如來英換機，一定要先弄清楚是否兩個機場。這樣到今夜我離境，我可以說被關了十四小時。我是最快的了，只有我一個人走，旁人很羨慕。現在已經兩點了，移民局的人請我同去吃飯，我想一旦我去，別的關著的人心裡怎麼想，所以我說我吃囚飯不要緊。他們說妳還要什麼，我說我想去倫敦買衣服，請女警察一起陪去，他們說妳真不生氣了。我說吃得這麼好（真好），不出去也不要緊。他們都來向我要木頭做的名片，這些人真奇怪，其實外國人很容易相處，我總有法子對付他們，但是他們今天先對付我不是為了我個人，而是我的護照，人生真是奇妙的事，護照到底代替什麼？我的身分？立場？還是什麼？我的國家？

現在移民局的人烤了一盒特別的肝來給我吃，我吃完了，他很高興，特別做的，我們變成奇怪的朋友，有一個年輕的移民局人甚至問我對國際婚姻的看法，我留下了地址給他，他今天送我去機場看我起飛，現在他叫車載我去。

我沒有被放，又到另一個壞一點的收容所，裡面的人大半都是換機被扣；也有比開學早來了兩週，先關起來，開學再放去唸；也有人被送回國，形形色色，吃住都不要錢，真不懂為什麼，今天我坐計程車跟移民局的年輕人來換機場，他說：「妳真福氣，沒有旅客坐計程車去機場，全是巴士，妳有好東西吃，坐車看了一小時風景，又被完全照顧直到登機。」我謝謝他，想他真不錯，鬧了一天，晚上八點半登機，算香港二十七日起床到現在正好四十八小時沒睡。咳得快死了，晚上放我。英國人真笨，早上不放，晚上才放。

上機赴西時移民局另外一個單位送我去，我的paper上寫著「意圖偷渡入英」。西班牙機長看見我的這張紙，拒絕我上機，我講給他聽，他說不要聽，現在即使我有入境西班牙的簽證，他也將我交給西班牙移民局外事警察，我現在沒有護照，機長拿去了。如果被拒入境，我尚得回台，想不到此次飛行如此不順利，我快累死了。很後悔出國。現在正飛西班牙。如果可入境，我想去住醫院一星期休養，Cla家太吵，我一點聲音都聽不得。飛機吵得我快瘋了。如果不給入境（因為英國的紙轉到西班牙外事處），那麼我只得回來或跳樓。

妹妹

爹爹姆媽全家人：

我已安抵馬德里，外事處由英國方面將我資料送到西班牙移民局，移民局的人看了一看說：「王八蛋，英國人有精神病，請進來，孩子，西班牙永遠是妳的。」然後把我的犯罪資料丟進字紙簍裡面去了。說「精神病、精神病」我就如此進來了。西班牙到底不是我看錯的國家，打電話我正在跟Cla媽媽說「不能再講了，零錢用完了……」馬上有一個男孩子一句話也不講，塞了一大把銅板給我，有人拿箱子，有人帶大衣，有人提東西，有人叫車送我到Cla家，一定不肯拿計程車錢。Cla媽媽為了給我睡覺，一清早就把電話拿掉，失去了長途電話的機會，她去市場（如中央市場，要批發才去）買了一大箱一大箱的飲料、火腿、雞、米搬回來，高興得不得了。我很累，但她一直講一直講，一直叫我吃，我想換國籍，她說去找律師，一定想法弄出來，這些不必跟Claudio說。

西班牙人太好太好了，飛行那麼久，只有坐在西班牙人旁邊，有人送水，有人蓋衣服，有人開燈，有人給藥，或者說西班牙男孩子太好了，我沒有來錯，比比英國人，移民局像一場惡夢。但過二個月我還要去試試，希望有電話可打（長途）。
很想念你們，尤其是小妹妹們，我睡兩天再上街，現在走不動。

我想世界上的事並不公平，但我儘量鎮靜自己，不要流露出一點點軟弱的表情來，你們想想一個人這樣的經歷多麼有意思，我作夢也想不到會在這裡。

一九七三年十月二十三日。

我愛的全家人：

如果今天你們看見你們的孩子、姐姐、姑姑、阿姨、妹妹所做的事情，你們一定會感動得掉下淚來。我一生沒有如此被閃光燈照得張不開眼過，我一生沒有受到過如此震耳欲聾的掌聲。現在清早四點了，我才回來，我很感觸，希望現在就死去，因為我的一生沒有遺憾，真是快樂。今天在場的十個中國人個個熱淚滿眶。今晚是馬德里最大的一九七四年春季服裝表演，Salinar公司的人請我去，我因找房子，連日太累太累，又沒有衣服穿，所以說不去，但是他們一再要求。Salinar回來才兩天，為了生意又去Barcelona，我怕去了一個人很孤單，但是想想還是參加了。我穿白色布的長禮服，借了樓下太太的黑貂皮小外套，梳了個中國宮女頭，去了才知是一個近千人的大酒會，全國紅星、要人如雲，Salinar先生因為跟台灣做生意，他公司的人排了一個節目（特別在時裝表演之後，舞會之前），要我與另外一個中國女孩拿了中華民國的大國旗，走上伸展台，我嚇了一跳，因事先不知道，後來「中心」的主任、副主任、秘書、記者（台灣聯合報）一共來了十個人。全部電視歐洲網（？）聯播。時裝表演之前，我去後台，全國得金獎的理髮師來替我們梳頭，梳到我，他說妳的頭髮是哪一家做的，不用再梳了，太好看，我說自己梳的，他呆掉了（一共五個夾子）。我先坐在前排，報幕服裝表演時，電視機一再打燈光向我，無數記者替我拍照。上台了，另外一個中國女孩才十九歲，她很怕（很好看）叫我先走，我拿著大大的國旗，一步一步慢慢走向伸展台，全場報以無法形容的掌聲，接著她也出來，我們慢慢走，這是西班牙承認中共以來第一次由司儀（很有名的，電視上一天到晚見到）報告，這是中華民國台灣來的ECHO CHEN小姐。我站在台上旗子雖重，但我仍然微笑、點頭，觀眾高叫鼓掌，我無法形容當時的快樂，幾乎流下淚來，短短的幾分鐘，贏得了全場人的心，沒有人噓我們的國旗，這時我看見Salinar坐在角落裡，含笑送吻，（他今天早上去B城，坐飛機晚上趕回來了。）他驕傲得不得了。下了台我簡直暈淘淘的，模特兒們全上來吻我，說我和另外一個女孩走得漂亮從容。走出後台，回到前台，觀眾不顧報幕，閃光燈轉向我們，又大聲喝采，電視拉近鏡頭照到我全個臉，我微笑揮手，坐下來，王主任恭喜我，林副主任十分興奮，他很感動，握著我的手對我說「多了不起，我們第一次堂堂皇皇的掌著自己的國旗贏得人心，我真為妳們驕傲。」SEPU（主辦這次酒會的總公司，西班牙連鎖性的大大商店）老闆親自上來吻我，告訴我從今以後買東西算同仁價（百分之二十減），他吻我時記者拍照拍得一塌糊塗，我偷眼看Salinar，他拚命鼓掌，從此以後電視一直對著我。我是個鄉下女孩，從來沒有上過電視，沒有如此場面（一生還沒有過），一件白布長衣打了一場勝仗，為中華民國出了口氣。我決不是自誇，但我當時只想到爹爹，姆媽，姐姐，小孩們，寶寶，毛毛，阿鳳，寶蓓，外公，外婆，如果你們在場，一定是一群最感動的人，因為我只有你們才能講，才能訴說我在外的大勝利，別人聽了不過譏笑我們而已。有位中國先生過來（老先生，很神氣，這種Club沒有身價的人也進不來），他用中文對我說：「好孩子，我真想親親妳，妳是我們中國的鑽石。」說完他流淚而去。但中國女學生有四個，一片死寂，坐在我對面

三毛在馬德里拿國旗走伸展台。

（入場的位子還是我去替她們要來的），一句恭喜的話都不說，板著臉，我很難過，她們沒有想到國家，國旗，公開用「中華民國」來報幕，（昨天中共才遞國書，今天西班牙人叫我們全名，不用「台灣」。）她們恨我出風頭，我知道，另外一個女孩也知道，她先走了，我留下來跳舞。Salinar看見我與王主任們坐在一起，也過來打招呼，他親我雙頰（這是普通禮貌），但中國人看不慣。我跟很多很多人跳舞，我不管，我心裡悶，我要放恣一下。更何況那麼多人來請我跳舞是最大的對一個女孩子的讚美，我不能拒絕。跳到兩點，Salinar和一群朋友意猶未盡，又去吃東西，大家對我驕傲得不得了，當然是他們心好，不是我真的有長處，我是心存感激的。喝了一點酒，居然聽懂三五句法文，以為在作夢。王主任他們在我跳舞時走了，我很難過，起碼也要等我跳完回來，互道再見才是人情禮貌，畢竟我努力在為國家做國民外交。我三點到家，Salinar和我坐在車內默默無語，他沒有擁抱我，但他十分悲傷，我也是，喜怒哀樂弄不清楚，豪華之夜，灰姑娘的彩衣又變成破布衣了，一場美麗的夢，我一生難忘。記者們拍的照片拿國旗的報上不會敢登，但全場那麼多人看見，電視全歐看見（我希望有一張照片到我手裡，但是可能不會有）。Salinar對我說，「妳不可能結婚，妳無法安於平淡，我很替妳驕傲，我太驕傲碰到妳這樣的中國女孩，來自台灣令人無法想像，ECHO妳的一生大概不會如意，誰來配妳呢？誰瞭解妳呢？妳內心實在是又驕傲又悲傷的，是不是？」我流下淚來，我想如果今天Gerbert在世，他看見我的美麗，看見我的微笑，看見記者這樣捧我，他會高興得不得了。很多人不瞭解我，以為我愛出風頭，但也有一小群人瞭解我、欣賞我、愛我，為什麼我投合的人都是已婚的？這樣的Salinar，我們無所不談，談家，談Gerbert，談生活，談賺錢，談理想。但是又如何，又如何？我不願再去想這些，快樂的日子，傷哀的日子，構成我的哀樂半生。我深深的感激你們，如果不是我全家人對我的愛，我會有今天嗎？我雖一無成就，一無事業。但是上帝給了我全世界人的「心」。這樣的愛護我，婚姻已不是一件我唯一尋求的目的了，雖然全世界的人都在嫁娶，但我也許是個例外，苦的煩的來，快樂的刺激的溫暖的也來。機會一過即不再來，我會抓住機會，以後可以改變，做一個家庭主婦，但是我的心什麼時候才甘甘心心的做一條沒有游魚的小河，靜靜的守著兩岸不變的草木，過一生平淡的日子。我想那才是最不容易的功課，我要改的地方還是很多很多。我內心太驕傲了，不好。

對於王主任，我今天的表現，我一日的搬家（一號搬）澄清了我很坦白的立場，我愛我的國，我的家人，我受恩於這個政府，受恩於你們，一生報答不完。你們給我衣食愛護，給我活下去的勇氣，政府給我教育，社會給我經歷，閱歷，知識，我決不會忘記自己所承受的恩情。我生長於台灣，台灣的土地、空氣、水，養大了我，成就了我，我平日不很口口聲聲愛國，但我第一次拿著國旗走出伸展台時，心中的確感動驕傲。Salinar說中文（說得不錯，少數幾句）但我聽了如遇親人。他很喜歡台北，前天才回來。如有今夜照片，一定寄回來。謝謝你們費心唸我的長信，我寫來順手毫不費事，你們唸來大概頭痛。我這支筆很會用，只是身體慢慢在差，太累了。常常頭暈。我很想念你們。請不要笑我土氣，小事情寫了一大堆，但我不跟你們講跟誰講。離了家才知親情可貴，人往往不珍惜所擁有的東西，失去了才知道。我不是，我總心存感激，有你們做我的支持者。Salinar我也感激他，做了一篇採訪，交到這個好朋友，是他幫我開展了這兒多彩的生活，我一生要謝謝他。

妹妹上

一九七三年十一月一日。

爹爹、姆媽：

我搬到新家來了，今天早晨搬的，Mari送我到家門口，因為不能停車，東西搬下來就走了，今天是西班牙的清明節，滿街都在賣花（十一月一日），我合住的女孩不能說認識，勉強相處看看吧！這次的病，主要是Mari搞出來的，她個性強，很多事勉強我去做，我有幾次幾乎要跟她衝突起來，但也算了，現在我搬出來，也是迫不得已，Claudio跟我感情不好，回西以後更不好，他一來我就走了，免得將來相處難，可恨的是這樣大病一場，Mari像彼拉多審完耶穌一樣洗洗手，不管了，留下我獨自收拾。我想我出去住最難過的是徐叔叔和小妹妹，Mari兒子回來了，我又在病中，能走還是走好。昨天Claudio去看Salinar（他在台北認識），S為了我的緣故請他明天參加一個酒會，他說「妳也要去啊！妳沾我的光呵！」我默默不語，反正生意做不成，我再參加酒會也沒有用。

今天報上沒有登我的照片，我奇怪得不得了（因為照相製版我都看到了），我打電話去問，他們說「唉呀，ECHO是旗子的問題呵！」我說當天撐著國旗是多少人看見的事，當初為什麼不怕，他們說報社又不肯了，說既然是商品何必一定要標出「中華民國」。我沒有什麼話說，心裡很難過，不是我一個人，多少中國人在此等著我們拿國旗的報紙，情勢如此也沒話說。

我來此將東西隨便塞塞便算了，沒有什麼心情去弄，同住的女孩各做各的事，也不相干，與我同房住的性情不知道，都是做事的，做秘書、店員、化驗室，加上我今天來了，算是齊了。我等一下來趕稿子，人很累，每天都累，夜間不能睡。昨天弄到半夜，想到自己在此唸書、擠車、生病、找房子、搬家，心中太多感觸，這倒是很久沒有的事。昨天爹爹叫我不要太省，我想了一夜，為了什麼我這麼省，為了誰那麼省，而省壞了身體又怎麼補過來？今天清明節，放假，一個悲傷的日子，還好我不在德國在西班牙，這兒總好得多。明天酒會要碰到Claudio，我們是彼此相輕，我不知道為什麼受不了他，他回來後驕傲得令人受不了，我沒有什麼心情去理他，奇怪的是他除了鄰居之外也沒有什麼朋友。

西班牙文課很重，第一年級馬上聽寫，回答問題，要偷懶是不可能了。德文還算容易。每天下午三點去，七點回來，做功課要三小時，我現在不太跟人出去了，因為要自己的心沒有亂七八糟的雜念，我要努力安定下心來，不要再發神經病不甘心了。今天跟女孩子們談談，才知道要找個丈夫是多麼困難，都是好女孩，個個漂亮能幹，除了一個在做店員之外，另外兩個都有不錯的職業（在此店員不算低）。但是一個三十歲了，另外都二十八、九歲，如我，全沒有結婚的對象，想想真是可憐，這個世界有人真心誠意要娶一個女孩子，已是很不易的事，我卻在不滿足中，要好好反省反省。我倒是想拿到了居留證後回來一趟（赴美簽證先弄好，在外申請出入境不知可否），回來了看看你們再去美國。

很對不起，令你們失望，照片沒有登出來，但是他們不肯用有國旗的照片我也沒辦法。可恨的是為什麼又講又叫我去看樣張，現在又抽掉了。我很累，搬家不累。精神上很累，換一個地方住總是不舒服，慢慢會好。

我想要《德文課文》（我家中有，就是以前教的那本，陳德蓉知道），還想要兩本中型字典，一本是《西華字典》（家中那本已經破了，請再買一本，此地要一千塊一小本），另外我家中有一本《德華字典》（不要大本的，小本的就行，我有一本中型封面桔子色的）請替我寄來好嗎？航空印刷不知貴不貴？棉襖如果沒買，就不要了，只要書和字典恐怕已很貴了。

妹妹

PS. 放心，我同住的很好，今天搬家，沒有東西吃（放假，商店全關了），她們請我吃的。上次出國沒有這麼累和忙，馬德里對我再也不悠閒了。我不知怎的很想家。

PS. 今天報上又登了，西班牙人真奇怪。（十一月二日）

一九七三年十一月三日。

爹爹、姆媽：

今天早晨七點醒，十點半出來，報館經過SEPU公司力爭，第二日又登了我的照片，我今天去《iya》報看看朋友們，再去郵局寄稿子，寄完出來又碰到一群年輕遊客問路，我又帶他們走了一大段，再去徐家。徐家出來已是四點半，我五點半有酒會，課在太遠，趕去上來不及了，回來沒有休息，換衣再出去已是下午五點半，六點到酒會（SEPU公司東方藝品展），總經理親自帶我參觀，我迫於他們對我太重視太親切，（我是誰呢？他們有教養，所以如此禮待我。）我定了一件印度來的衣服，一千七百塊西幣，我要模特兒身上那件，要等下星期才有，但我可以打八折。太漂亮了，不是印度土人服，是晚禮服。

今天SEPU送我一套化粧品，約有十樣，我忘在Salinar的車子裡，傘掉在不知哪裡。我今天去SEPU（一共去過兩次辦公室）大家都叫我ECO、ECO，我酒會裡碰到的熟人比Salinar還多，他說：「老天啊，妳什麼時候認識了那麼多奇怪的人啊，我去了一趟台灣半個月，妳在這裡一定天天在SEPU逛。」其實真的沒有，我不知道怎麼認識的。今天跟一個英國朋友談了很久，他努力在鼓吹我，說我在馬德里太埋沒了，現在應該去英國，找大的通訊社做記者，他說我沒看過一個比妳再有外交能力而又能深談的人，妳為什麼不去英國闖，不要發神經病再唸書了，就用妳這種破英文寫文章，一定有人會用妳。我是沒有動心，但是歐洲我是可以有發展的。

這一箱破衣服來也派了無數次用場，包裹到時我會更漂亮些，現在還沒有大衣。今天帶了一個中國女孩小林（她過去也在這兒唸書，也跳舞，現在又來了），Salinar對她大感興趣，所以我們酒會後又去吃晚飯，飯後四個人去跳舞（我，小林，S，還有S公司的總經理Ramon，也是我很要好的朋友），跳舞時我也累得跳不動了，二點回來，怕吵了同房的女孩子，匆忙上床，翻來覆去睡不著，又流鼻涕，又口渴，吵得她無法睡，所以我乾脆到客廳來寫信，兩個人住很不方便，我又是夜貓子，白天要累，夜間失眠。歐洲生活過慣了，去美國做平淡的家庭主婦會瘋掉，天啊！我要休息，休息，但約會（不是男朋友，是再也推不掉的事情，如請我吃飯，如上幾個禮拜就約好的男孩，到現在排不出時間來，還有學校同學，稿子要做的採訪要照片），要說也說不清，比台北還忙，電話我搬來才兩天，響個不停，其他女孩煩死了，我真抱歉。但是夜夜失眠，眼眶都灰了，皺紋來了，我老得很快，太累了，但沒有法子放下工作，唸書，我也不願放下，聖誕節應該可以好好休息幾天，我除了身體吃不消之外，沒有別的，人參沒有空喝，我根本一天到晚不在家。

要說的東西一大堆，冰箱是空的，沒有時間買。今天坐地下車，又擠又悶，下車走二十分到徐家，Mari給我吃麵條拌番茄醬，我真怒，坐了半死的車，走了半死的路，吃了一頓這樣的飯。我想一個人不能太忙，認識的人再多，有了病痛還是自己一個人生病，不會有人有時間來管我，我希望明天能睡一大覺，但看情形又會被電話吵起來。天呵，麥玲來信說我出國是逃避，她說妳在西班牙可以這樣過日子，如果在美國可就不行了，我在想，我在此的忙是一輩子也沒如此忙過的，我很少跟麥玲講忙的生活。一月一篇稿，再每星期上那麼多堂課，再有這麼多亂七八糟的事。我總想回來大睡特睡，沒有別的奢望了。因為回家可以休息，但是家在千山萬水之外呵！最近手紋生命線淡得要死，人是在虛了！所做的事也全是虛的，並不實在。天亮了，我現在去睡一下。我明年回國休息兩個月再去美國還是直接去？我很想回來休息。我像出鞘的劍，光芒太露，但並不管用，如果上帝給我健康，我可以闖出一個天下來，但人不能十全。我是一樣也不全。

十一月三日今天清早睡，夢到姆媽來接我回去，爹爹坐在汽車裡等，還有麻麻（大伯母）在一起等我回台灣。

小妹妹們病好了嗎？我很想念。姐姐我有信給她，收到了嗎？是回她寄來芸芸畫小人的，她來信未提，好似沒有收到的樣子。

我真不想唸書，西班牙文講講夠用了，沒有精神。在看胡適文存裡面的一篇〈新女性的人生觀〉，講得很好，我十分贊同，簡直在講我嘛！

妹妹上

PS.現在已是下午一點。我決定不出去，管你什麼約好的，我全推病不到（本來今天要去一個西班牙朋友家煮晚飯），傾盆大雨，我又將房東留下來的一把傘掉了，還得去買一把賠她，自己也買一把。夢見你們心中忐忑不安，我很少夢到家人，醒來總是不安。

此地同住的一個女孩太愛清潔了，家中一塵不染，我住得真難過，她天天洗地，洗廚房，打掃客廳，我也只好努力保持清潔，我比較喜歡跟髒亂的人同住，自在些。我是很亂的，也不清潔，衣櫃到現在還是堆著不去理它。現在泡人參吃。

我像出鞘的劍，光芒太露，但並不管用，如果上帝給我健康，我可以闖出一個天下來，但人不能十全。我是一樣也不全。

一九七三年十一月二十二日。

爹爹，姆媽：

收到你們來信真是十分高興。為此付了十塊錢給拿信的女孩。我已三天沒有上學，在家趕實業世界的稿子和翻譯經濟新聞，另外要些照片，我寫得很不好，專訪不用自己的筆調寫十分生硬。編輯此月沒有來過信。來西也只收過兩封信，十分不負責任。

現在我跟此地西班牙「歷史考古博物館」的館長在約會，他的館在我住的附近，是馬德里最高級的一條街，佔地十分廣，是過去皇宮之一，我們二個月前認識，但是只打了數次電話，我以為他是老頭子了，前個星期見面才知是二十七歲就做館長的就是電話裡的人（我去辦公室找他的）。他現在不忙了總來帶我出去，我苦於沒有衣服，我不是傻瓜天天叫衣服，卻又不去買，而是此地實在太貴了，一條長裙三千塊，一條褲子一千五百，我實買不下手。此人溫文儒雅，有教養，有學問，精明能幹，是個唸書人，長得也好，一看便是大家出生，說很好的德文，我又進入了不是生意人所能達到的另一個知識的境界，星期五（後天）他要將我介紹給朋友們認識，他的朋友都是什麼專家學者之類，我很高興，但我同住的都不知道這星期我常常出去的人是誰。我是誠意的在跟他做朋友。我看出他是非常喜歡我，在辦公室他是有禮的，嚴肅的，上上下下都叫他「館長先生」（階級還是很深），但我教完英文了，他卻站在門外冷風裡等我接我。我十分喜歡跟他談話。第一次碰到這樣的唸書人，但他很幽默，十分英國味。真是好運氣，認識了這樣一個朋友。這叫做「花開花謝無間斷，春來不相干，唯有此花開不厭，一年常佔四時春。」

碰見此人，居然覺得棋逢敵手。我的一生沒有遺憾，多彩的半生，坎坷美麗而哀傷的半生，我可以死了，但不會死！

謝謝你們給我這樣的日子，使我沒有生活的愁煩，如果不是我的父母、家人、朋友造就了我，我也不會有今天這樣的日子。我那麼醜，卻無往不利。希望有一天安定下來了，也有一個好丈夫來愛護我。十一月二十五日是德國清明節，我不能去，但會寄一點點錢去給Gerbert母親，買花去送他墳上。Gerbert教了我很多功課，我不再難過了，回憶是美麗的，但人要往前面看。幸福的東西可遇不可求，我希望現在幸福，將來也幸福。明年如能回來看看你們，也使我心裡寬慰一點。謝謝你們來信！謝謝你們來信

妹妹

一九七三年十二月二日。

爹爹、姆媽：

爹爹，你來信中所分析的你自己，我很不同意，因為有多少人喜歡你，你不肯相信。我的朋友們，第一次見到你就信服你，如娃娃，她常說：「陳伯伯是瞭解我的人，他不說什麼，但是他很安慰人。」Cla的朋友Michael跟你談過一次話，但他對我說：「我真喜歡妳爸爸，我真喜歡跟他講話。」Gerbert生前講過多少次「妳爸爸是世界上最有風度的人」，那次外公外婆自香港來，Gerbert在機場看見你，他說：「簡直神氣得像部長一樣，我沒有看過一個這麼有風度的中國紳士。」Gerbert個性強，他講這些話並不是在取悅我，他是真正心服你。再說摩西母親來信，如何的欣賞你和母親，我內心真為你們驕傲。我帶來一張梨山的照片，我所有的朋友都說「妳父親像外國人。」（所以我在班上又變成混血兒了，他們偏說我是混血，因為朋友說爹爹是外國人。）所以我說爹爹太不懂自己，正如爹爹英文那麼好，偏偏絕不承認一樣。Gaga許博允說過多少次，他最服爹爹，大毛和Gaga對你和姆媽簡直親過跟我的感情，Gaga視爹爹如父親，這是你們的成功。麗玲，林復南，王恆，對你們都是又敬又愛。老肥來信說「妳的父母之愛護我，比我自己父母有過之無不及」，實業世界黃柏松兄來信也是說「有妳這樣的父母，妳這一生還有什麼遺憾」。這兒多少朋友問我「妳的父母一定是了不起的人」，我太為你們驕傲了，但是爹爹卻過於謙虛。而偉權、樹芬對你的敬愛也是少有的。我的朋友們對我好，不是因為我，而是因為你們的緣故，我這一批朋友，雖然在事業上都談不上什麼成就，但是都是世界上找不出的怪傑。我也很高興，他們差不多全是自己父母都不理的人，對我的父母卻如此敬愛，你們說你們的做人成不成功？所以我不同意爹爹對自己的說法。再說，我跟爹爹姆媽無所不談，沒有父母子女的代溝，這也是你們了不起的地方，我為什麼常寫家信，因為此地無人可談也，只有告訴你們。我們做子女的對父母如此有信心，就是你們的成功，我跟爹爹在一起一點也不悶，跟姆媽在一起也不悶，爹爹的來信我看了很不同意。爹爹樣樣都行，公事、做人、風度、打球、英文，怎麼一點都不看自己的長處。我是一無所長，只會吹牛（不費氣力，吹一信五分鐘而已）！

妹妹

一九七三年十二月十日。

爹爹，姆媽：

今天是中華民國民間企業訪問團來西班牙的日子，我沒有去上學，下午一點去旅館等，班機誤點，四點鐘酒會，他們六點由機場趕到旅館。我與幾個生意朋友坐在樓下咖啡館等，六點到，我替他們做翻譯，但是大多數人都走了。

台視隨行記者顧安生（我老師顧福生的堂弟）在訪問西班牙馬德里商會會長Amat先生時是我做的翻譯。他說下星期會寄到台視（明天八號，如明天不寄，星期一，十號寄）你們可在電視上看見我，也可聽聽我的講話，但也許會剪掉很多。今天忙壞了，因為我認識的人很多，翻譯工作很忙，生意接得倒不多（也有一百萬左右），酒會下來帳單來了，他們覺貴，我又去講價，叫他們減，減了五十美金。團長是震旦行總經理，是雜誌社長好友，本人今天陪到十二點回來，此地英文不通，沒法做事，全得翻譯。我今日賺不到錢，服務是替雜誌，酒會中風頭出得比誰都大，忙得要死，又得罪此地記者朋友，我知道又得罪人了，但怎麼辦，要躲在一角做小羞貓狀嗎？我有職務在身，不能那樣。我明天陪「大同育樂事業」董事長陳釗炳先生去北部Barcelona城看一個遊樂園，飛機七十五美金一天來回。導遊費不收。他請我明年回台做副總經理，我告訴他，我不會在中國做事，我只會跟外國人做事。他說明年開一個一千房間的旅館，我回去做經理，如果覺得中國人事太難，只管外國人方面。算了，我不欲回國，除非給我二萬塊一月。其實現在我的時機真的來了，商場人慢慢在認識，將來有機會的，但是我身體不好，而能力是足夠的，我前一陣被此地人氣得腰痛的事，今天還擊他們，多久沒有見到這些臉孔了。才來三個月的人，翻譯是我，燈光打到我時，全場中國人一片死寂，我心裡很難過，又要被迫得罪一次。台灣來的人很可親，太好了！此地中國人為什麼不喜歡我，我做的全是為中華民國好的事，沒有替中國人丟臉。

妹妹上

一九七三年十二月二十六日。

親愛的爹爹，姆媽：

聖誕節已過，我二十四日在徐家，二十五日白天出去吃海鮮，晚上又在徐家。今天二十六日，稿子一日要出，現在一個字也沒寫，但是天寒地凍，寫不出來。同住的二十五日夜全部回來了，家中又熱鬧起來。我今天去警局、銀行、郵局，穿虎皮大衣出去不冷。雪已沒有了，冷還是一樣冷，我們同住的平日大家常常生氣，分開了又覺寂寞，她們沒有在家留幾天又回來了，都要上班，總算感情很好。

我今天接到包裹嚇了一大跳，七百五十台幣的郵費，實在太對不起你們了，包裹做得胖胖的，真是看出姆媽一針一針縫，爹爹一個一個字寫的情形，我看郵局內領的人，我領的最大，坐地下車回來，趕快拆開，一件一件方式，真是高興死了，長裙子、外套、褲子、長衣服，沒有一條不好看，尺寸一分一毫也不差，裙子下襬大大的，正是此地流行樣子，腰身也合適，一點也不要改，就是格子長褲太短，一看裡面放不出來了，我穿低跟鞋穿。外套太棒了，你們真是會想樣子，「阿巴嬸」會做流行樣子，現在此地外套也穿小腰身的。總之這些衣服光是一件暗紅長衣，大約就要三千台幣，我是大富婆，有這麼多衣服。足夠了，今年不必再做。夏天衣服太多，冬天現在也太多了。另外棉毛內衣可穿了睡覺。人參現在已泡了在喝，我放很多，不知平日一般人怎麼喝的，我覺很有用，要連吃三天才會有效。這次來，身體一直不太好，但也沒有大病，就是常常累得很，天天想睡覺，昨天同住的半夜回來，我們又起床來吃家鄉來的東西，又講話，到三點半才睡，今天一早就出去了。

麥玲來信興奮得要命，說在電視上見到我，但我沒有說中文，（大概講得不好，內容不當心，被剪掉了）你們看到沒有？我是不是很難看？穿的是印度衣服。爹爹有沒有看到我？姆媽呢？小妹妹們呢？

我昨天從徐家拿了魚、香腸、酒回來，今天中午沒有時間弄吃的，晚上一個人在家慢慢吃。今天寄掉一封信給你們，收到包裹太興奮了，又寫一封。想來想去，還是不能結婚，我這個人很難，別人差，要看不起，別人強，又不服。還是跟住爹爹、姆媽一輩子好了，我覺得這個打算不錯。這幾日過得很滿意，本來很怕這個聖誕節，但是還算過下來了。你們好嗎？想必也看見我在電視上了。姆媽，妳生日我送妳一個皮包，我去找一個好看的真皮的給妳。毛毛來信，對爹爹佩服得五體投地，他說要學爹爹的樣，看他學到一半就算不錯了。不過我們家的孩子對父母的敬愛是每一個小孩都一樣的。我雖在外，但十分幸福，一個人東飄西蕩居然過得還很自在。我今天吃洋蔥炒肉丁（一菜一百元台幣）。麥玲對我真好，常常來信給我。姐姐常來嗎？我不知何時才有電話打回台。

妹妹上

一九七四年一月二十五日。

爹爹、姆媽：

今天收到爹爹的來信，真是喜出望外，因為這一陣根本不在等家信，信來了嚇了一大跳。爹爹來信所提我婚事。PEREZ母親上星期天過世，我自然而然疏遠他了，沒有麻煩。他母親要過世，事先我就知道，不告訴他而已。這種第六感有時有，有時沒有。Jose[2]去非洲了，他來信一再催我快去，我沒有證件之前不會去。爹爹，我的婚事，你們不能當台灣的婚事一樣來看，因台灣婚姻是「大事」，如姐姐，如寶寶。此地婚姻一般人比台灣還看得重，我和荷西不是太鑽牛角尖的人，我們只是想生活在一起，那麼結個婚方便一點，我也要改國籍，所以你們不要愁，我天涯海角都可去，倒不是為荷西，而是生性喜歡在異鄉，況且我做荷西的妻子，也是誠意的，我並不喜歡有太重的社會負擔，就是說，我現在最看重的是心靈的自由，只要做事不太離譜，就不去多想。過去為了個性上的放不開，吃了很多苦頭，現在知道自己的缺點，要設法去改掉。我很怕結婚後進入另一個別人的大家庭，荷西有幾個兄弟姐妹，我全認識，但可能只有媽媽難纏，我們不會跟她有什麼來往。爹爹，姆媽，我的婚事只是改國籍和與荷西生活

2. 即荷西，以下方便閱讀起見，均改為荷西。

在一起而已。國內根本沒有人會知道，了不起知道我有一個朋友，因為我不必要告訴他們。換一張護照我在出進別的國家方便一點，但我中國國籍並不放棄，因為中國人終是中國人。我為了腰痛，長住國外對身體好一些。拜託現在我要這些證件：

①戶口謄本

②未婚保證書（隨便人保證）

③護照、出生證明。

現在我要的是①和②項，因為有了這兩張紙，我方可去葡萄牙領事館申請「未婚證明書」，至於③項，我已有了，出生證明也申請來了。請寄給我，因我需要放著，換國籍之類要辦很久。

我們這兒有看「星座」算運氣的，很準，我這月準得很，是巧合也罷。你們想必旅行已快回來，我很希望能跟你們講話，不知何時才有電話打回家。爹爹事業好是一定的，手紋要辛苦到很老。我的事你們放心，不會太嚴重，放心放心！我很好，天仍冷得很。皮大衣很有用。姊姊「陸空聯運」包裹到了。要趕稿子了。朋友們有來嗎？未婚證明書請寄給我。

妹妹上

一九七四年一月二十六日。

爹爹、姆媽：

天下的事全是上天的安排，也全在一念之間。我怎麼會知道這一次我再回西班牙來，是冥冥中的引導，叫我回來遇見我七年前的朋友。七年前的荷西還是一個十幾歲的孩子，每天放學了就去宿舍看我，當時我們常常出去瘋，每個星期天早晨都去「海盜市場」買鳥的羽毛，大街小巷玩得像瘋子一樣高興。後來我交朋友了，他仍在找我。現在六年分開，再見他已是完完全全的成人了，學了特別的潛水技術，又唸了海洋學院。

我跟他要結婚的決定是在他，不在我，他一直對我說，從小他的夢想就是娶Eile[3]做太太，這種想法過去Claudio和他哥哥Mnurijio都有過，但是他們變了，只有荷西堅持不變，希望有一天他的夢想能成真。他是一個外表沉靜而內心如野馬似的孩子，跟我十分合得來，我們是自由自在的，婚後也不會過正常日子，但是我十分嚮往他的生活方式，因為此人有個性，懂得安排不同於常人的日子。今天他去撒哈拉海邊工作了，不裝炸彈，只潛水，剛剛打電報來說到了，這個孩子有感情，細心，我十分欣賞他，他走了，我輕嘆了一口氣，他在時我們天天沒處

3. 三毛的西班牙名字。

去，總在散步，散得我累死了。

在Segovia有一天去古堡，荷西、我和幾個嬉皮朋友要下古堡下面的田野去玩，他們不走小路，一個個從古堡的懸崖上吊下去，雪才化，滑得要命，荷西是狂叫一聲就跳，我被他嚇死，他又跌又滾一下就下去了，我穿長裙子也爬下去，好玩是好玩，這輩子還沒有做過這種人吊在岩石上，比十層樓還高的懸崖，全是瘋子，跟他們在一起身體一定要好，要不然吃不消。我常常在想讀者文摘裡一篇文章，它說「每夜你上床時，一定要覺得——今天可真活了個夠——那麼你的一生都不會有遺憾」，跟著荷西是一天當兩天活，此人很當心我，愛護我，有一次我半夜吐了，在Segovia，他嚇得一夜沒敢睡，開著燈守在我床墊旁，他哥哥叫他去睡，他一定

爹爹，姆媽，你們不要為我的前途擔憂，我是自由的，我會過得很好，荷西對我的愛護夠我滿意了。荷西去潛水，給他去潛，如果出事了，人生也不過如此，早晚都得去的，也用不著太傷心。

不肯，還生氣，結果我自己好了，他才去補睡。年輕人的心還是一片真情，我看了十分感動，我一定也要好好的對待他。

爹爹，姆媽，你們不要為我的前途擔憂，我是自由的，我會過得很好，荷西對我的愛護夠我滿意了，我們再不好也不過是分手而已，但看情形不會。我個性變了很多，將來的事不去愁煩，所以你們也不要煩。荷西去潛水，給他去潛，如果出事了，人生也不過如此，早晚都得去的，也用不著太傷心。在此我的朋友很多，大家都對我好，我們這條街上的鄰居如何的好，比合江街時鄰居還好，所以我很受疼愛，精神上不覺孤獨。爹爹，姆媽，我早點弄文件，文件來了我去葡萄牙使館申請西班牙文未婚證明，我換了護照馬上可以回來，或等有了孩子回來住，荷西要孩子，他一再叫我快弄文件，我對這張護照倒是很感興趣，我太愛西班牙了。現在我將頭髮染成咖啡色了，淡咖啡，像外國人一樣，很奇怪，下月再染回來。我很想家，荷西也想跟回台灣，但要看這半年所賺夠不夠他維持下一年的生活及唸書費，有錢當然一同回來玩。謝謝你們。

妹妹

一九七四年四月十八日。

親愛的爹爹，姆媽：

我已買了二十二日的機票赴非洲，飛四小時，機票是一百美金單程。明天打電報給荷西，他說家已弄清潔，可以住了。有三個房間，一間做客廳，一間睡覺，一間當大衣櫃放我的衣服。家具是一個大床墊（我不能睡床，腰痛），一個畫桌，一個低的小桌，一個冰箱和廚房，清潔用具，但是地板上全部鋪阿拉伯地毯。荷西不會做窗簾，叫我去做。我用釘子釘上。

今天去移民局，仍然沒有居留證，我一呆，馬上跟他們老闆去商量，他們叫我十天後再去，給我簽證延期，我說不可能，幫幫忙，現在「當場就一定要」。他們居然給我了。我樂得呆呆的，在街上跌了一跤。風又吹掉了我六千塊西幣，又去追，全部追回來了。去訂機票，說要二十三號星期一的，小姐一直笑，她說不可能，我說為什麼，她說星期一是二十二號。付了機票錢，又忘了拿找錢，她又出來追我。我是天字第一號大糊塗蟲。中國再要找另外一個也找不到了。

爹爹，姆媽，我是中國歷史上有紀錄以來第一個女性踏上撒哈拉沙漠的土地，很有意思。

這才是人生，如果說來世界上走一遭只這幾個月的西班牙生活，已值回票價，何況來世界的票一直是爹爹、姆媽在替我付。我不知怎麼告訴你們我心裡對你們的愛和感激，我是太幸福了。謝謝你們。

我的文件全沒來，但是荷西姊夫答應我替我辦。昨天晚上與荷西姊、姊夫和兩個嬉皮朋友去看電影，看完電影去吃飯，吃完飯去他姊夫的母親家，好大好大的房子，有一個天台有無數美麗的花，玩到一點回來人癱掉了。這兒的朋友對我太好太好，沒有話說，是自己人。

我的離開，同住的很難過，瑪麗沙是一直在哭，卡洛與我同房，她前天弄我的箱子，一面理一面流淚，也是一半感觸她自己。我星期一走時留下條子，不與她們告別，因為要哭的，我自己一個人去機場。朋友全部不講，因為他們會纏我，如果一個一個去告別，我的節目會排到月底。

我的智利朋友，銀行家的兒子回來了，我們認識一個晚上（在看法蘭明哥舞時認識），第二天跟他去跳舞跳到清早，他問我「要不要跟我去智利，我在那邊環境很好。」我說不要，但是此人實在是太英俊了，我一生沒有見過如此英俊的男子（Gerbert是風度好），想不到此人又回來了，打電話來，我不出去了。但是我一輩子會跟這個人做朋友。荷西什麼都沒有，但我信任他，他是我這麼多男朋友中唯一沒車的一個，但我會選了他，也是他本身有許多長處。

Salinar先生自從台灣情人來了以後，很少見面。他最可惜我結婚，他有他的想法。

我在外獨立慣了，來去都很自在，叫朋友送，他們星期一全部上班，不行，星期天同住女孩全部在家，要哭死了，不能打擾別人星期天的心情。所以我一個人走。

行李有四大箱，三箱明天航空公司來拿（運費一千台幣），一箱與我同去。牟敦芾有東西留在我處，我交阿房。鄰居都要哭的，這兒幾個太太們很寶貝我，我走自己也要哭，不敢辭行。西班牙是我自己國土，離開了真是依依不捨。

Fernando說叫我寫信給他，他不回信（為了荷西），但是有一天如果跟荷西不好了，來跟他。我說西班牙是不能離婚的國家，我也不做此想，我願意一輩子平平凡凡跟荷西度過，他對我的愛是自小以來就愛我的，我要好好珍惜。嫁給荷西是我的福氣。我們外型、個性都很相配。

前天試做羊肉、魚煮大蒜和蔥。不能吃。但是非洲只有羊肉（魚荷西去海邊捉，都是一人高的大魚），中國字「鮮」就是羊肉和魚一起煮。天啊，我要吐了。我買了四瓶醬油，四百台幣。另外非洲沒有淡水，所以不能常常喝湯。沒有水果，沒有蔬菜，我不在乎。今天看見綠豆，一小包四十台幣，捨不得買。粉絲一包一百台幣，都沒買。荷西愛吃中國菜。我在Segovia常做給他吃。

姆媽，荷西說叫妳不要難過，非洲的經緯度跟台北一樣，所以更近了。說不定我們坐個澎湖漁船明年回來了。

非洲氣候是白天酷熱，晚上酷寒，我是說沙漠氣候。

我們住的地方是一幢平房，沒有路也沒有門牌。荷西租了一個信箱，你們收信後請給我來信，非洲是一片荒漠，我需要精神糧食，什麼雜誌、書報，都請收集了用「船」寄給我。

妹妹

一九七四年四月。

爹爹，姆媽：

如果一切計劃沒有改變，我將於五月一日飛赴Nigeria，在這之前，先得去馬德里弄簽證，今日荷西託人帶來機票、錢和信，我一看，機票弄錯了（開成由N國到西國，當相反），我明日清晨便去換，因為我們要將奈國的錢儘量在那兒用掉，免得將來不可出口，現在我馬上要去打防疫針（三種）、銀行租保險箱（珠寶存入，外幣及房契也存入）、申請戶籍（設籍在迦納利島，去馬德里可打二十五％機票折扣）、買赴馬德里機票（一日來回，清早去，拿到Visa，下午回來）。另外尚得買許多荷西所要的東西，忙碌不堪。開車我是開入大城，停在車場，再坐短程計程車，這樣神經不太緊張，我們這兒車子也是很擠很多。

家中門窗關好，皮大衣交鄰居管，電視留下，要被偷也罷了，不過七百美金。

今日朋友由Nigeria回來，說荷西一日工作十五小時以上，深夜尚在爆炸海底，公司對他很壞，星期日也不給休息，清早五點赴工作，夜間十點尚無法回家，吃得越來越不好，黑人不愛工作，我想荷西太老實，一天工作八小時對肺已是太壞太傷，如何能一直在水中，這樣要廢掉了，我去了會與公司交涉，（德國老闆）這個薪水不高，不是賣命，同時我自己想去做他們三個工人的廚娘，他們正在找廚子做飯，我去做，也要領薪（好在不過三個人吃），荷西脾氣壞，其實臉皮薄，沒有原則，任人欺負，我去了會不同些。這個混蛋德國人太欺負他，如不加薪，不減工作時間，我們便走。（一日工作兩小時在水裡，已是太多，水中壓力不相同，肺要炸掉的，血管內會進空氣，太危險。）真是混帳，荷西去年一年無工作，什麼也忍下來了，我去了會好好講，叫老闆改時間。

六月我們有二十天假，便去英國一週，再回家來住十天，再看將來如何，因我現在去，是與荷西、他同事、老闆、老闆太太同住一大宿舍，這個要解決，一人一幢房不可混住，老闆太太天天給吃三明治，工作十五小時回來，尚吃三明治，不是氣瘋了。

同時也請爹爹替我們在中國找事，如有三萬台幣一月（現賺九萬一月），我們便回來。荷西已可講英文（很壞，沒有句子），同時我又替他在象牙海岸找事，是法國公司，待遇一樣，可是環境較好。在奈及利亞，一幢房子租一年是一百五十萬台幣（一月不租）；交通如同瘋子，左右不分，車輛亂行，人在街上大小便，從我們家到敦化南路的距離，要開兩小時（全纏在一起）；警察拿鞭子在街上打人，人還是亂走；一條褲子要合四、五千台幣，尚是尼龍的，不是棉的，是個瘋狂的國家。垃圾堆成一人高，無車來清理，黃熱病、打擺子一塌糊塗（我每日便要服「奎寧丸」），這樣的黑人尚叫國家，黑人走路如蝸牛，不做事，走十步路要十分鐘，荷西一下水，助手黑人就睡覺，不看守水下的他要什麼，總之是個瘋狂世界，二千二百美金所付代價太大，划不來。

我不去也是不行了，荷西一走，此地男人都來找我，滿鎮風雨，社區內大家講來講去，都是說我有男人。此地北歐女人都與人同居（丈夫在非洲），我實是被這些流言弄得十分苦惱。

現在參加俱樂部，每日做體操、游泳（全是女的），但也不長，因我要走了。

我的一生，多彩多姿，感謝父母給我生命，雖然今生不能如樹芬做少奶奶（她其實也不苦，只是在加拿大沒有香港一樣而已），但我所活一生，勝於別人十倍百倍，對於去Nigeria，我十分興奮，又是一種不同的人生，何其幸福。

我下周一赴馬德里，但只去簽證，再看Marisa，便回Las Palmas來，休息四、五天，便由此地上機，經非洲「新內加」國首都Dakar再轉赴Nigeria首都Lagos。Lagos是幾內亞灣內最大的港口，港內一船下貨要等半年以上（太擠），有一百多條船在外海等，五十多條在港內等，夜間海盜便來上船偷貨，都是有趣。

我現在儘量休息，預備長程飛行。（馬德里來回六小時飛機，赴Lagos要八、九小時飛機，共要十五、六小時。）去了荷西不能來接（工作），我便去找一位Duru博士的家（奈國人，也是老闆之一），荷西仔細，坐計程車錢已交人帶來，一切無問題，我是旅行老手，不會出錯，萬一飛機出事，亦是命中注定，不必悲傷，人生聚散都是容易，要有大智慧來接受，我對你們，亦有心理預備，所以我們全家都是堅強的人，要有老莊哲學的想法，大而化之，才是天下第一人，我很愛你們和兄弟姐姐，也愛荷西，他是好丈夫。

妹妹

PS.春霞衣服十分美麗，今日收到，正穿身上，謝謝盛情，以後不可再寄。藥尚未收到。

一九七四年四月二十七日。

爹爹，姆媽：

來此已經五天了，初來時警局一定限我四十八小時出境，理由是此地是西班牙殖民地，拿西班牙簽證的護照在非洲殖民地並不生效，我們找了律師，弄了半天，現在總算給了我三個月。這三個月內一定要結婚，但是文件寄來非洲已一星期，我們至今沒有收到，此地郵政很壞，說不定已掉了。荷西已去上工，每日清早五點半起床上工，到下午又得去學鐵工，晚間九點半方能回家，他工作夠苦，一天十五小時不在家，我也很寂寞，洗洗衣服，煮煮飯，日子難以打發。我們住在鎮外，走路去鎮上要來回四十分鐘，全是沙，我也沒興趣弄得灰撲撲的進城，但是幾乎每天他上工了，我總去城裏辦事，這一條路上的人都很低級，總有人來麻煩我。用海水煮飯大概是永遠無法解決的問題了，卡車裝海水來，四個大桶放在天台上，水都是臭的。淡水一瓶要二十台幣，我乾脆不用了。

奇怪的是有煤氣和電，也有冰箱。我住的房子還可以，但是沒有裝飾品，空蕩蕩的，我已在做窗簾。這兒城內的西班牙人除了軍人、警察之外就是荷西做事的公司。一派殖民地作風，令人受不了，這裏的人太髒了，幾乎百分之九十不知道自己幾歲，也無法來往。我和荷西婚後，有十天假，我們去深入沙漠，要嚮導，那時可好玩了。現在文件不來，我很擔心。

這幾日一直在想，長住沙漠裡，過著精神上、物質上都十二分苦的日子是否值得，洗衣、洗澡全是臭水，吃的也不多，但是荷西好，他像一個男子漢，雖然沒有時間陪我，我不能怪他，我已是一個成熟的女人，不能像大孩子一樣，什麼苦都該克服它。荷西自己很能吃苦，我也不敢抱怨，他所能盡力的已全做了，我很滿意，這樣一個丈夫我沒有遺憾。他下月一號去西班牙，我本想跟去，但是我們算算錢大約要花二萬五台幣，所以我不跟去了，獨立留下來，大約要一個月的時間一個人，在馬德里我不在乎，朋友太多了，又是大都市，這兒他走了，我要吃一點苦頭了，但是他是去受更好的訓練，將來本事更多一點，我應該給他去，留下來也是一個克己的功課。荷西最不喜歡愛哭的女人，所以我要強一點。等他回來我們已結婚了，可以去沙漠裡旅行，這是我十分嚮往的。我需要再半個月的時間來適應這兒的寂寞，可以克服的。環境也有美的一面，沙地上，到了夜間，滿天的寒星，十分詩意，此地仍很冷很冷。

你們的包裹可寄來APARTADO, 4××，是信箱號碼，我每兩天去城裡拿信。另外有什麼雜誌書報請用船寄來給我。

荷西昨天捉大魚回來，我不會弄，他殺好了給我凍起來，有一個人那麼大的魚。明天跟他去海邊，來回一百公里，有車去。

我的一生有苦有樂，人生實在是奇妙而又痛苦的。跟了這樣的人，應該沒有抱怨了，他是個像男人的人，不會體貼，但他不說，他做，肯負責，我不要求更多了。賺的錢我們下兩個月可以開始存了。爹爹錢在銀行存半年定期，不能動的。希望明年有錢了，可以有一個孩子，也可解解寂寞。伯伯、孃孃來了，我正好跑到馬德里去做做城裏人，來回機票八千多塊

（漲價了）。

回想馬德里所有的男朋友，沒有一個比得上荷西，我不後悔我的選擇。但是這個丈夫是付上了很大的代價的，沙漠生活是十分枯燥的，我正好守著。希望能回台灣來一次，台灣在感覺上是在另外一個世界了。千山萬水之外啊！我很高興我有了歸宿，我太幸福了，許多人一生只活一次，但我活了許多次不同的人生，這是上帝給的禮物。我從來沒有跟荷西吵過架，將來也不會吵，心情很平靜，是再度做人了，我要改的地方很多，我都改掉了。這塊頑石也被磨得差不多了。真希望回台灣一次，給我過過任性的日子，要吃要睡都可放肆，只有父母跟前永遠是小孩子。這裡鍋子、碗、盤都很貴，我煮了飯便要倒出來，洗鍋再炒菜。我們已花掉快四萬塊西幣（二萬台幣），家中什麼也沒有。

現在文件已到，明天去看律師，如果再要什麼手續我真煩瘋了。荷西回西班牙要去家中解釋，我看他也是心事重重，主要是Claudio的媽媽不好，什麼都亂講，弄得他父母不喜歡我。我們想還是婚前要講清楚的好，免得太不孝。如果他母親以死來威嚇，荷西要受很大的痛苦，這是他的事，一個男子漢應該懂得如何處理，我也不去想它了。他的兄弟姐妹都是幫忙我們的。

今天荷西捉了一條大章魚回來（又去學鐵工了，送魚回家來煮），嚇人得很，很大，塞滿了一大缸，他說是章魚捲在他身上，他就捉牠回來吃，我不會弄。又捉了四個螃蟹。這兒別人沒有魚吃，都吃駱駝肉，我們總有海怪回來。也是一樂。

請轉告我朋友們，我住在非洲了，來信請寄信封地址。

想不到馬德里的生活是繁華一夢，現在又靜得如生活在無人之地，也是報應，上八個月太瘋了。

特別的想家，以後會習慣的。荷西那麼愛我，我沒有遺憾了。我們不買腳踏車了，想分期付款買一輛小三洋摩托車來騎，買車不可能，沒有錢。

毛毛軍官還是兵？各有好處。軍官多一份責負，兵少一份責負但吃苦一點。全家人都好嗎？姐姐常回家嗎？我再回來時小孩們都要不認識了。寶寶，好嗎？小姑回國住多久？爹爹好嗎？我人在外面，心裡總記掛著家裡。顧伯伯、媽媽好嗎？小姨父身體如何？我現在不拍照，度假去真的沙漠再拍。

妹妹上

一九七四年五月二十日。

爹爹，姆媽：

五月二十八日是你們結婚紀念，我沒有忘記，也沒有忘記五月四日的母親節。但是對我來說，天天是父親節、母親節，因夜夜回台北家中，夢中家人生活起居歷歷在目，所以並不生疏。分析二個女兒，姐姐可說是「孝」，我可說是「極不孝」，但我有一個地方可以補，就是「親」。自小以來，我可說是逆子，叫父母受了很多不必要的苦痛，但我也有一個好處，對父母的親愛勝於其他兄弟姐妹，人在遠方，沒有一日忘父母，這是自然的現象，但我年事漸長，回想半生作孽，對不起父母之事太多，如真有鬼神，死後下地獄成分居多，只求下半生要好好照顧自己，就是對你們的報答了。我們四個孩子有福，能生在這樣一對父母家中，也是上帝特給的恩賜。你們在孩子們眼中，不只是愛而已，尚有其他家庭父母所得不著的「敬」。我常對朋友們說，我的父母這世上找不出另外一對，這是我最大的幸福了。

結婚文件又差一張，已去葡萄牙再申請，「請免公告證明」已發下來，卻不知又找麻煩（法官不相信我三十一歲，又不肯認我護照照片，說是另外一人），婚期渺茫，但我反而不急了。世間諸事，大凡一個「緣」字，天地上下親疏愛憎都脫不了這個字，也就是《聖經》上所說的「萬物都有時」，所以強求生死聚散都是愚人的事，我原先很急，現在放下了，順其自然吧。隨便什麼時候結婚。

昨日與朋友們去沙漠中開車奔馳，又見海市蜃樓、奇景，忽然危塔孤聳，忽而城郭連亙，劈空而來，超拔可喜，忽而大風吹去，縹緲虛無，是空是色，然後返虛入渾，化實為虛，色皆相空，可謂天下奇觀，恐怖之極。

沙漠中有一大峽谷，千萬年前為大河床，尚有如桌大一片小水池，池周密密長滿小草，我細看尚有黃色小花，心中受到很大的啟示，介草在沙漠中，尚且依水欣欣向榮，而我們為人者，環境的挫折一來，就馬上低頭，這都是沒有了解生命奧秘的人所處的心境，我想沙漠可以學到很多功課。

再說回程時，看見大漠中，一人騎駱駝，踽踽獨行，這時多年來不能瞭解的元人馬致遠的詩「枯藤老樹昏鴉，小橋流水平沙，古道西風瘦馬，夕陽西下，斷腸人在天涯」的一幅圖畫，就明明放在眼前，只是氣勢更加雄壯，而少詩中悲涼之氣。我在此生活，所得到的東西，是比馬德里要多得多的。

唐朝時代的「大食國」（西元七五七年）安史之亂時，向新疆借兵，此時阿拉伯人第一次進入中國，後來「大食人」經波斯灣出發，經印度洋、馬來半島，一直到廣州、泉州、揚州幾個貿易港來經商，現在泉州還有回教文化的遺跡，那時大食人來往中國，有一定的地方居住，叫「蕃坊」。這是我最近才找書看來的。因為住在阿拉伯人國內，自然對這些感興趣。另外我發覺回教是早期基督教的一個支流，穆罕默德與耶穌之死（或生）相隔五百多年，他們的教史十分相近，這不能多說了，因是家信，你們看了要被煩了。這是道安法師前一陣寄給我的書中看來的。要謝謝他的教導。

再說我的生活，現在淡水有人送來門口，不要錢。菜蔬每星期一摩洛哥邊界開放，運來回人區，自有小孩來叩門告訴我菜來了，我可買到青椒、番茄之類（就這兩樣），肉去軍營中買。所以生活都解決了。這都是阿拉伯朋友對我的好意。我偶爾替他們寫寫信，算算帳，換取友誼。也算「代書」。（西班牙文的信）

荷西今天下午回來，他帶廚房用具來，他母親尚替我買了醬油。兄弟姐妹常來信，小妹要一個台灣玉戒指，我想等她告訴我樣子，請俞小姐代找。婆婆我也想送手鐲一只給她，公公想送一副台灣玉、袖釦、領夾，過去「欣欣」二樓約三百台幣一副（不是金的），但現在不要。這個家確是合作，大哥在德國替我買皮大衣，全家都好，只是媽媽難纏，現在她肯替我買了大小一套鍋子，我已十分感激她態度的轉變。荷西是對我好的，你們放心，我身體漸漸適應沙漠，人晒黑黑（每天晒太陽一小時），胃口可以，天天食牛肉，人是越來越好看，並不老態，仍梳小辮子，髮已齊腰長，捲起來短一點。此地人慢慢認識，也有照應。市政府、郵局、法院、警察局的人全認識了。此城三萬多人，你們放心，放心，尿血早好，一定不要急，我在此非常習慣了。

妹妹上

PS.郵局弄掉我一小包裹，內是假睫毛的膠水和晒太陽的油。馬德里寄來的，現在我叫他們賠錢。另外千囑萬囑，如有中國包裹來，不可弄掉（掉了要賠十萬）。我在等豐富的家中包裹來。

一九七四年六月二十七日。

姐姐，妳的來信收到了，我回家信中提到過，想來妳是知道了。自從六月七日我收到家中包裹之後，沒有再收到過回信，我七日有信回家的。後來收到姆媽郵簡，說起大哥[4]病情，但我七日之後便與家中連絡不上，已快二十日了。

我二十五日時寄了一個很小的包裹回家，裏面有小皮錢袋，用來放零錢的，蕙蕙、芸芸、荃荃都有，請收到後給他們一點零錢裝了可以玩玩。此地實在沒有東西寄，床罩很漂亮，但太重了，又不放心寄船，所以只有寄小東西給孩子們和妳。

我剛剛去郵局，又沒有家信，心裏真是要急病了，不可能那麼久沒有信，一定是發生了什麼事情，還是大哥病危了？還是爹爹生瘡不好？還是姆媽生病？小妹妹們生病？還是毛毛，寶寶，蕙玲？我整日不安極了，如果台灣有事發生，妳切不可瞞我，全得告訴我，我馬上可以回來，什麼婚也不必結了。在外的人，最苦的是記掛家裏，我對台北是一點也不想，但家中大小夜夜都來入夢，隔著千山萬水，如果有點什麼，我是要悔死了。尤其最近想到嫁了外國人，這一下回家的希望更渺茫了，心裏實是不甘，荷西答應我明年給我回家一次，但是路費太貴，兩

4. 指三毛的堂哥。

人回來如何存得出來，想起來便悲傷得很。

上星期週末，荷西和我，還有他的兩個同事開車去沙漠中住了兩三天，又開去大西洋海邊，捉了很多海鮮。我想如果給蕙蕙、芸芸、荃荃來，他們一定要高興死了。夜間睡帳篷，有狼來，我們生了火，但第二天帳篷外都是足印。想想半生已過，上帝卻又使我回到十九、二十歲似的青年人生活，這是我十分幸福的。只是心情常常放不開，回想過去的事便要灰心傷感，這樣坎坷的半生，卻還掙扎著想再重新找尋幸福，亦是癡人。不過無論將來如何，目前這兩個月的日子，是我再也不悔的，荷西對我很好，吵架是個性，不妨事的，我們不會忍耐，吵出來比忍在心裏好。只是常覺他太年輕了，小我整整幾歲，真是發神經，但外表上是再也看不出來，精神上他比我天真，比我易怒，這也是人生的經歷不夠所至。他仍在反抗這個社會，反抗人生，反抗一切，我根本不會衝動了，看了他有時好笑得很。

請隨便回封信給我，家中發生了什麼事，不要瞞我，我很著急的。我不求信長，只求妳來信告我家中大小平安。不多寫了，孩子們改日再寫信給他們。姐夫請問候！

妹妹上

AAIUN

一九七四年九月七日。

姐姐，很久沒有給妳寫信了，因為日子一樣的在過，沒有什麼新花樣。為了伯伯、嬸嬸來西班牙，我離開了非洲快兩星期，本來要跟去一起到歐洲各國玩玩，但是護照不下來，我因時間的關係，無法快快得護照，所以沒有同去。不去也罷，去了要被累死，哪裏談得上遊山玩水，伯伯、嬸嬸年紀太大了，說起來已相當合作，但是他們不會走路，伯伯的腿在美國走壞了，所以走十分鐘便要坐下來，加上糖尿病，常常要喝水，我像照顧小孩一樣在拚命，結果我自己大大感冒一場，到現在仍不能恢復，我看他們兩人提著大批東西上飛機去巴黎，自己感到勇氣不如伯伯，真是拚了命在玩。所以我一定要爹爹、姆媽和妳早些出來，才有精神去玩，事實上伯伯不如花錢將全世界的名勝買些影片，坐在家中觀賞，又省錢又省力。妳婆婆講得一點不錯，住旅館今天搬進，明天搬出，走路走死，看的不過是電影一般一晃就過。所以他們是出國受累受罰，但是伯伯還滿高興的。

伯伯們走後，我又在馬德里住了四天，白天東奔西跑，去買減價衣物，夜間跟朋友們吃吃飯、逛逛街，最後一天又去弄護照，四天美麗的日子，一晃就過去了。我十分惋惜要回到沙漠中來，這兒不只是沙漠，還有滿地的羊糞、垃圾、漫天的風沙和不入眼的低級人，所以回來真不開心。荷西以為我要去很久，結果兩星期回來，他十分意外，高興得很。此地沒有家人是過不了日子的，會瘋掉。妳給我的錢，我不但買了全家人的東西，還買了荷西的衣褲，我自己只有一件寄回去給妳和蕙玲的襯衫，因為馬德里的東西，如果不是很豪華的，便是很土的，我在沙漠中也沒有地方去穿，所以沒有買。

昨天我們買了一個小電視，黑白的，合八千台幣，十一吋，但是收視力很差，如同看影子一樣，不大好看。我在此是經常一個人在家到十二點，一點荷西方回來，星期六、日也工作，我雖然知道他對我很好，但是經常一天無人說一句話，心情煩悶，回來了我們便吃晚飯（午夜十二點是一定的），然後他太累了，便去睡覺，這一睡如同死豬一樣，第二天醒了吃點東西，做個三明治給他，便又走了。我有時真想逃到馬德里去跳舞，上館子，看電影，瘋個夠再回來，但是來回機票每次要快九千台幣，也不能常常回去玩。現在只有等十二月，荷西有一個月的假，他答應我帶我回西班牙去旅行，明年五月左右再給我離開沙漠一次，這個地方，長住了心理上要先調，很不健康。

好在荷西對我太好了，比起世界上所有的先生來，他可拿九十分，我十分滿意，但是吵架一樣要吵，我的想法是，有脾氣便大叫大發出來，便無事了，叫我忍，我會得胃潰瘍。今天又接到姆媽寄來的包裹，有米粉、豬肉干和紫菜等等，荷西搶了一大片豬肉干去上工，我真氣他，每次豬肉干來我們便要生氣，我給他吃，但是他亂吃，像妹妹、小弟們一樣，不但亂吃，還偷去給朋友們上工一同吃。我想這種東西是很珍貴的，他被姆媽寵壞了，每次有吃的來，高高興興大吃一堆，但是他就沒有想過，我姆媽是千辛萬苦寄來的，要慢慢吃。所以人啊，第一次收到東西十分感激，現在呵，只管吃、穿，沒想過他岳父母如何在愛護他。他的家人剛剛相反，我們結婚禮他母親收了也不寄來，反過來一天到晚來要東西，我們沒錢寄，又來三封信來催，很生氣了。我是不生氣，先生是我的，只要荷西對我好，他的父母我去應付應付，反正在那麼遠，罵我我也聽不見，這點比妳是好多了。

聖誕節我們要回家去，我真怕我婆婆，她是不笑的，也不跟我講話（以前很好，後來知道她兒子要跟我出去約會，便變掉了）。我見面上去親她，向她說「妳好嗎？」舌頭就打結啦，西班牙文也不會講啦，而她呢，完全不理會妳，就像世界上沒有妳一樣，我真是怕她（公公我不怕），聖誕節回去要被嚇死了。荷西說只住一星期，我們先去南部海邊住半個月再回去。有時候想想也好笑，她這個小兒子，會賺錢，又孝順，又漂亮，又年輕，才出來做事，便娶了比他大那麼多的太太，妳說做母親的心，生氣是不是很合理？我覺得很合理。（但是我們外表上根本完全看不出來我比他大。）

說到全世界性的經濟不景氣，已到很危險的地步了，德國工廠關門，法國發不出工資，義大利工人罷工，英國銀行關門，我真是不知道有一天我們存在銀行有限的一點錢是不是會變成金元券再版，也沒有什麼辦法。姐夫工廠前年如此興旺，今年如何會如此？妳要去泰國和香港，跟誰去？早知道如此，寄些美麗衣服給妳穿。妳如出去，還是珠寶少帶，如跟姐夫去，又是不同。梳頭不要省，去理髮店梳包包頭，妳那樣梳是很好看的。我在此地白天也用假睫毛，完全看不出來不是我自己的。明年我回來教妳用。到泰國去買些泰國布來送人，絲太貴也不好看。如妳去上菜場，東門小店都有賣假睫毛，三十五元台幣左右一付，請替我買五付，是一個小盒子內裝的，牌子叫INTERNATIONAL，是韓國出的，有兩種，一種是稀的，一種是密的，我要稀的如，不要。膠水拿出來，或可買不連膠水的，放在信封內，用小紙片包起來寄給我，我有膠水。錢我在家中有一萬元左右的稿費，請姆媽付給妳。

我冬天回西班牙去，想替妳買一件麂皮夾克，我知道妳尺寸。也想替姆媽買大衣，這種東西只有西班牙有錢人才穿，但也不很貴的。荷西答應送妳們。他的誠懇是令我感動的，世界上再要找一個那麼好的人並不容易。希望他工作不要出事，我們便無妨。

蕙蕙、芸芸、小弟都在為功課受苦，中文太難了，但是一旦學會，也是很大的寶貝。叫外國人學中文呵，學來學去都不會，別說中文了，叫荷西唸英文吧，他就不耐煩，一教他兩個人就吵架。欣欣今年留級了，我想中國的教育，對他如同對愛迪生一樣的不合適，可憐的小孩子一個個都在受苦。

妳何時去香港？請告訴我，回來便寫信。

妹妹上

一九七四年十月十一日。

爹爹，姆媽：

我九月二十六日寄出的稿子，居然在《聯合副刊》十月六日刊出來，故事叫〈中國飯店〉，筆名用的是「三毛」，不知道你們看見沒有？也許你們太忙了，不會注意到，我今天看見報紙，真是嚇了一跳。荷西提水回來，我大叫告訴他，我們很高興，可惜他不懂中文，這一點最是寂寞，他是外國人，不能懂得我心裡所有的事，連我寫的東西也看不懂，實在是很遺憾。這種「三毛文學」正如許多朋友所說，是別樹一格，好似在聽我說話，但是生動有餘，深度不足，而我在「筆」上的確是寫得活蹦亂跳，而內心是空空洞洞的，實在是退步。不及十八歲時的東西。不過爹爹、姆媽一定愛看，我這樣連續寫，將來出一本書，書面要寫「送給我的父親和母親」，這件事不出兩年一定會成的，《三毛流浪記》十一月份會有一萬字左右在《女性世界》，請你們抽空也要看看。我最近有點生病，所以沒有去鎮上，荷西下班了方去拿信、買菜，但是也快可出門了。家事我仍照做，就是不出門。

爹爹上個月沒有來信，想必又在忙工作了。我在外的心，看不到家信，心中便要胡思亂想，不知你們是否都健康？有事不可瞞我，我知道你們很忙很累，一日工作下來再要寫信給我實在是太重，但是你們來信不必長，只要有爹爹、姆媽筆跡，或爹爹寫個信封，我認得出家中每一個人的英文字筆跡，看見就放心了，不必寫長信來。毛毛軍中地址有嗎？請寄來給我，《聯副》我的文章也請寄毛毛一份好嗎？他一定看了會歡喜。我現在有五年護照，隨時可回來，如果你們要我回來，我便可回來。

這兒生活十分寥寂，我盼望十二月可回西班牙去，荷西也希望回去看看父母親，這兒非洲人不怎麼友善，交不上什麼朋友。西班牙籍的太太們，怕打仗，都走光了，一個也不留。我很寂寞。

我們此地生活沒有什麼變化，每天吃吃飯，睡睡覺，一日就過去了。可笑的是我睡覺分三次。清早三點到五點一次（五點荷西上班，我自會起來），早晨八點到十一點再睡一下。中飯四點吃，下午六點睡午覺到七點半，再起來看看電視之類，十一點吃晚飯，荷西十二點上床，我看書到三、四點。

這兒生活十分寥寂，我盼望十二月可回西班牙去，荷西也希望回去看看父母親。西班牙籍的太太們，怕打仗，都走光了，一個也不留。我很寂寞。

（這是荷西上早班時間表，他五點上班，下午三點半下班回來。下星期上午班，下午一點上班，晚上十一點回來。）

我想以後會一直寫下去，我是說文章。這個東西要靈感，有時枯坐十天半月沒有一個字，有時一夜成書，完全勉強不得。

外公、外婆身體健康嗎？精神愉快嗎？姆媽，我今天寄出信，請姐姐買一件毛料子，做一件洋裝（放大彩色照片上的紅色長洋裝，就是唯一的一張放大照片中那個樣式，尺寸如常，不必放大），錢請算給姐姐，我稿費尚有嗎？下月《女性世界》也會有收入，約有四、五千元。因我公公要我們回西班牙時補請喜酒，我想做一件衣服，顏色姐姐知道。請客、回西路費、度假都要大錢，我沒想到公公仍要我們做喜事，這下「齊天大聖」來變鈔票，只有現在拚命省了。

請來信啊！我很想家。中秋節是九月三十日，我們吃了滷牛肉。我上周寄回照片收到了嗎？

妹妹上

一九七四年十一月一日。

爹爹，姆媽：

我的足踝在馬德里回來後不幾日，便跌斷了，當時很痛很痛，在地上狂叫，但是那日沒有醫生，等了三日腳已腫得一塌糊塗，方才去看，上石膏之類，兩個月過去，現已好了，不用石膏，但仍是一碰就痛，已可走路，跑是不行，所以我說生病了。這個腳不斷，文章還寫不出來呢，因禍得福，荷西因此下班回來仍要帶菜、洗衣，現在我已可接過來做了。本來不想講，但姆媽擔心我生什麼病，所以現在告訴姆媽，沒有什麼大不了，已經好了，再過一月便可去度假了。藥費保險，只付百分之二十，醫生不要錢。

我們因計畫寫書，所以替相機又添了一個三腳架，一個遠鏡頭，一個廣角鏡頭，我的書要有許多圖片，荷西負責照相。這幾日又有朋友說，妳菜做得那麼好，為什麼不出一本食譜，西班牙沒有中國菜食譜，我可賣一個好價錢，我想太好了，荷西可寫西文，我們來出書，計畫太多了，要一步一步做出來才好。

現在公司「公共關係」給我一個差事，我卻不想要了，因為上司我不喜歡，另外是我們已申請工作在西班牙南部、葡萄牙邊上去工作，明年二月可能會走，薪水少，但我們希望走，因此地局勢不定，所以我工作的話，做不到兩個月又得走了，我亦不太感興趣，薪水大約有三百美金左右，如明年二月不走，我便去做事。如果明年能走，那是太理想了。

荷西已拿到政府發給的文憑，（大學不用唸啦！）又拿到水底工程的證書，還有工作執照，現在已有保障，這都是他月月去申請來的。今天發下來，有這文憑，吃飯不愁了。我對他所賺非常滿意。昨天給我五千，算我零用，我想買些此地的手工藝品。

姆媽，妳的尺寸請寄來，我去馬德里買皮大衣給妳，在馬德里只有七天逗留，會很忙，荷西說我回公婆家要接廚房，我同意的。現在另有一工作，給十萬一個月，另每個月給一星期假，在海上浮島做工，不能帶太太，我們亦希望去申請，但荷西不喜去，他說錢沒有用，隨便他了。我說錢很有用。

荷西又感冒了，我自從知道感冒會到心臟之後，很怕這個東西，他常常感冒，這點很不好。潛水的人鼻子不會好。

姆媽，此地醫生硬不給我避孕藥，說要有小孩的才開方子，我又去要了一次，不給我，我不歡迎小孩。荷西就是大小孩嘛！爹爹太忙，身體注意，姆媽盡量找空休息。

妹妹上

PS.我是每星期一信！

又，我十一月三十日離開此地，去安塔露西亞二十天，如包裹要寄，請十五日以前一定寄出了，謝謝！

一九七四年十二月。

爹爹，姆媽：

旅行雖然好，但是沒有家中消息，心中掛念不已，覺得離家日遠，不知你們是否都好？希望回到沙漠會有你們消息。

我們在此住了已快一星期，是第二個島，第一個很大很繁華，現在這個島叫La Palma，城內人口只有七萬不到，沿海建的城，這兒沒有遊客，生活平靜極了，所以我們多住了幾天。這個島有台灣三分之一大，我們坐公路局車一站一站去看看，風景十分優美，更難得的是這兒的人太好了，無論去任何一個鄉下，在路上都有人「早安、午安」叫個不停，簡直如在世外桃源，更可貴的是公路局司機，有一次我們跟車去旅行十二小時（本島繞一圈），司機清早八點半帶我們出城，他沿途停車講解風景，同車擠著的鄉下人也一同去繞不是線內的路，更奇怪的是，鄉下人帶菜、水果、雞、小羊進城，全部用公路局車，司機不但不生氣，每一站都下去幫忙搬東西（大車肚內可打開放貨），我一生沒有見過如此一團和氣的人。我們去菜場買肉買菜才一次，再去人人打招呼，我們太喜歡這個島了。明年夏天我們已看好一個公寓，租六千元台幣一個月，三房一廳大廚房，浴室、大陽台面對著海，全部家具（包括檯布、刀、叉、碗……）所以明年七月我們又回來這個島度假一個月。

我們這次度假的五萬元西幣除掉機票之外，可以說剛剛夠用（機票兩萬多），但是自己煮飯，在外吃就不夠，這種度假是很和平的，沒有豪華的享受，煮煮飯，散散步，看風景都坐公車（租車我怕山路荷西不會開），這樣十七天二萬七千西幣左右，住是住得非常好，吃得也好。

我現在是五十八公斤，人老了很多，這是沙漠內弄老的，眼眶都掛下來了，你們看看我是否又胖又難看。我也不在乎。

這兒包心菜一公斤才十八元西幣，比台灣還便宜（沙漠中六十元），水果不便宜，菠菜三十台幣一公斤（四十西幣），我每日吃許多蔬菜。想到要回沙漠，心中便悵然若失，沙漠不只是寂寞，兩間水泥地的房子，吃睡都在地上，漫天風沙，沒有一樣可與這個小島做比較，可恨的是那兩間水泥地小屋也要租我們兩百美金，此地三房一廳家具齊全又面對著海，也是要船運貨來，也不過一百八十美金左右一月，沙漠阿拉伯人如何與此地比較。

妹妹上

一九七五年一月八日。

姐姐：

我旅行中寄給小孩們的明信片收到了嗎？這次快一個半月沒有家中的消息，我在La Palma那個島時心裏很不定，在外的人沒有家信總是不安的，後來我回到馬德里，我公婆已經知道外婆逝世，但是他們想我是在度假，所以瞞住我，結果當天下午我去徐家，徐太太告訴我「妳家裏有人死了，不知道是誰」。我當時自然想到兩個老人，但很心慌，馬上去樓上找荷西（他家住徐家樓上），我一定要打長途電話回家（但是徐家沒有給我接通的意思），我婆婆看我那麼急，就說了：「不要急，是妳外婆。」我知道是外婆之後心裏定了一點，因為我有點心理預備的，所以就沒有出錢打電話，直到十二月二十八日才由徐家給我接台灣。外婆的死是很自然的，只是外公太可憐了，老來失伴，想必不會再活多久，人生的悲劇只要醫學不發明「不死藥」，我想一代一代要演下去。人死是為什麼？我還是不懂，不過我親眼看見過人怎麼死去，我只有接受這件事，看見所愛的人死去是很悲痛的事，那種痛，只有現在的外公曉得。我常常想，如果有一天，這種事再臨到我，我一定會瘋掉，我的父母、兄弟姐妹、丈夫一個也不能少，對外婆我沒有太多的感情，所以不太難過，只是想到很多不能解的事。

這次回婆家之前，我跟荷西苦苦跪求，請他一個人回去，說我生病，開刀不能旅行，因為我很怕見反對我們婚姻的公婆，尤其是我婆婆，我怕她怕得要命。但是荷西說辦不到，我非去不可，結果進門時我緊張得心都快跳出來了，想不到我婆婆跑出來，第一個將我緊緊抱住（她沒有先抱兒子），抱了我很久很久，對我說：「這兒是妳的家，我等妳回家等了半年。」我公公也抱住我，我被這意外的幸福嚇得如呆子，以後兄弟姐妹、姐夫、姪兒姪女全部回來，大家對我好得不得了，婆婆非常和氣慈愛，公公更是好得很，第一日回家，我們衣物全部倒出來洗，第二日婆婆替我燙衣服，補皮大衣，又煮好菜，從那時起，我們真正建立了感情。荷西對我更是不必說，我每隔一日煮一次飯，因每日有快十五個人吃飯，婆婆弄不過來，做事是一天到晚在做，我每天很忙很累，但心情都好多了。

荷西父親已退休，但是家中只有小妹還住著，所以生活不重了，環境也還算很好。其他四個姐姐全嫁得很好，每家生活都是小康水準之上，我想不到荷西家境如此好（以前以為他們很窮），這次我公婆給我兩萬五西幣（台幣一萬七左右）又給我一個金戒指，我已非常滿意了。

平日我睡到十點，我起床後婆婆便弄早飯給我吃，我自然不常出去，總是跟在婆婆後面做事，所以他們對我十分滿意。臨走時婆婆哭得很，公公年紀大了，已被姐姐、姐夫帶去旅行，免得他難過。西班牙離非洲有五小時的飛機，所以他們覺得很遠，我們回來之後馬上去信，我婆婆要哭很久才會好。

所以對我的婆家我現在已不怕了，反而很喜歡回去。他們家的人跟我們家不一樣，哥哥妹妹這麼大了還打架（真打），公婆結婚四十年了，每天都大吵大拍桌子，但是妳不要以為他們會心情不好，打過吵過不到五分鐘，又講起話來了，不像我們家的人，每一個都很內向。我生氣時會傷感情，但是公婆家天天又打又吵（姐姐們結婚了，回家來還會吵架，四姐還跟大哥打得流鼻血）他們感情卻吵也吵不掉，真是奇怪的人家。我初見他們打架還上去拉，後來常常見到乾脆在旁邊看看，比較之下荷西是脾氣最好的一個兒子了，我現在對他比較瞭解，他們家的人每一個都是張飛，但心地是不錯，心機是一點也沒有，很好的家庭，我倒喜歡。我只跟小妹吵過一次架，因為我們爭一個皮包（是她的），她一定不給我，我一定要，吵過就忘了。這次回婆家，荷西寸步不離，我不出去他亦不出去，所以我沒有跟他吵架，他對我非常好，九千塊一件的牛仔褲他都買給我，我又買了兩頂帽子，一件白的毛衣，用了很多錢，真是過癮。

再回沙漠來實在是很難的功課，這個家啊，進門時門都推不開，因為被沙塞住了，整個家如沙堆一樣，水桶內又被鄰居丟了羊的內臟，我們又掃又洗，弄了兩天還是髒兮兮的。現在荷西又去上班，我很不慣，太寂寞了，物價又漲，一個爛掉的包心菜要一百五十台幣左右一斤（馬德里約二十台幣）。所以在此受苦，錢都存不下來，如果賺這份薪水用在馬德里，傭人都請得起了，我們卻在此花錢受苦，沒有法子。白天冷到十度，夜間零度，我天天發抖，沒辦法，去買了一個爐子，每天蹲在門外生炭火，眼睛被煙燻得紅紅的。什麼鬼日子嘛！不是為了荷西，我一定忍不下來。這兒人又壞，交不到什麼有水準的朋友，荷西同事是一有假期就跑來吃飯，一來留一整天。食物那麼貴，我一次飯沒有五百台幣左右就吃不到東西，這個沙漠真是教會了我怎麼過苦日子，我一生在物質上沒有如此苦過，但是有荷西，我可以撐下來。女人真是奇怪的東西，只要有個好丈夫，什麼苦都甘心受，有時我會抱怨，但是那是假的，心裏沒有太多的苦就好了，我仍是很幸福的女人。

看報福華毛紡廠失火，姐夫有損失嗎？請告訴我，我非常掛念這事。

太冷了，已是夜間十點半，荷西要到十一點才回來，我現在去煮飯了。小孩們都好嗎？妳自己呢？我已胖到五十八公斤，都胖在胃和肚子上，很難看，但是胃口太好，不吃會餓死，妳可否寄減肥的藥給我？我只要減到五十二公斤就好了。家中妳常回去嗎？姐夫生意有沒有好轉？來信請告訴我。妹妹牙齒一定要去弄平。

妹妹上

一九七五年一月二十四日。

姐姐：

收到妳的來信已是二十二日，我正掛念家中久無音訊，心裏七上八下跳的，妳的信就來了，也可使我放心不少。這個月家中無一封信，我不知爹爹姆媽是有什麼事情。外公累人，不如請他去巴西旅行，他去了話不通，更寂寞，人老並不可怕，可怕的是老而令人生厭，如果自己有個興趣，看書、集郵、做禮拜都會有快樂，可惜外公完全放棄自己找快樂的途徑，徒然令小輩為難。

我自馬德里回來之後，感染了很嚴重的流行性感冒，現已躺下快十天無法動彈，鼻子內部嚴重發炎化膿，現連到耳內已成中耳炎，喉腫、生膿疱，肺內已咳得出血，支氣管炎。我已昏倒三次，夜間不能睡（因不能呼吸），人由五十八公斤減到五十二公斤。每天走路去看醫生，下午兩點去，等到四點看，看完再走路去買藥，又排長龍，買好藥再回去排隊打針，打好針再走回來，回來人就累得出冷汗，眼前黑潮一波一波的來。吃藥全吐，因胃給這幾百粒藥片搞得一塌糊塗，每日吐十數次，最苦是一個人撐著一拐一拐去醫院，我下午去一趟總得四小時才回得來。荷西中午十二點走，午夜十二點回來，我中午撐起來，因下午去看病，要到傍晚才躺下。每天要喝一點熱水都沒有人煮，荷西上班去門一關，我便要哭，每天他一走我就大哭一場，一哭又咳又吐，吃也吃不下，也沒有東西吃，只有白水煮蛋，我人病得眼睛全掛下來了，很醜很醜，最苦是什麼事都一個人，生病也一個人，荷西總不能請假來陪我罷！如果現在妳寄一個蕙蕙或芸芸來陪我，我真會高興死了。這一陣常常想家，因實在太寂寞了。今天起床，打掃了房間，又煮了一點雞和菜花，我想能起床總是快好了，起碼精神已好。所以減胖藥也不用了，我已瘦下來。

我們下個月有車子了，因為我們銀行內尚有九萬是活期的，所以我們先付五萬第一期，以後分一年付清（共十二萬西幣，就是九萬台幣），是很小的車，可坐五個人。現在荷西一月收入可有四萬左右，我們用兩萬，再付房租一萬，有一萬可存，現在買車就不能存，

荷西上班去門一關，我便要哭，每天他一走我就大哭一場，最苦是什麼事都一個人，生病也一個人，荷西總不能請假來陪我罷！如果現在妳寄一個蕙蕙或芸芸來陪我，我真會高興死了。

但車也是財產。我本想今年九月回來，但是路費今年可能又存不出來（太貴了，兩個人要廿萬台幣），也許又得等明年了。

我不要白藥，腳已好了。

姐夫的工廠不知能否好轉？我看世界局勢實在不樂觀，西班牙快一百萬人沒有工作，我們有這份收入我已謝天謝地。希望今年下半年轉好，姐夫也可賺錢。看報福華燒掉了一部分，損失有保險嗎？

妳說姐夫對妳好，我想妳一定要對他格外好，因為他現在心情不好，妳在他回家來時要給他安慰。小孩都好嗎？我現在又很喜歡小孩，但今年仍不計畫有，荷西不要在沙漠裏有孩子。

荷西對我很好，我除了身體不好之外，就是想家，其他都很好。請常來信。請姆媽不必寄包裹來，衣服尤其要當心，不可寄來，我都沒地方穿。

人很累，不多寫了，全家人請問候。

妹妹上

一九七五年二月十日。

爹爹，姆媽：

現在是二月十日下午三點鐘，台北時間已是晚上九點左右，想來你們年夜飯已吃過了。我們也是運氣好，接連收到兩個包裹，第一個已收到快一星期，今天又收到另外一個大的。這些吃的東西我們愛不釋手，「龍門粥」已吃數次，皮蛋全擠扁了，不過一樣的吃，番茄、蔬菜寄來已爛掉，下次不可再寄，橘子已吃掉，香腸發霉成白毛毛蟲，我已抹乾淨掛起來，外國火腿、中國火腿都沒有壞，臘肉也掛起來了，另外小包食物全部放到紙盒中，家裡一片過年景象，雖然只有兩個人，但我們因為掛了香腸，也有一點氣氛。最奇怪的是這一套小陶器的茶具，我這半個月來，天天想這套茶具，也說不出什麼心情，反正就是想要，而且天天在想，結果心靈感應，你們偏偏給我寄來（沒破），我打開來時嚇得目瞪口呆，這個心電感應是很靈的。桂圓我下午來煮湯吃，這次包裹來，內容太豐富，請下次無論如何不可再寄，花錢花精神我收到雖然很高興，但是內心卻內負重擔，不知如何心安。

父母愛我之情，這一生不知如何回報，我是急切希望荷西快快離開沙漠，另外找事，你們好來同住，要不然沙漠裡沒有出頭之日。荷西吃了一個中國橘子已去上班，今天包裹是他同去鎮上領回來，他切了火腿吃，他看見姆媽居然放橘子來，搖頭嘆息，不知如何是好。現在東西都已放清楚了，家中食物很多，我們可過一個好年。謝謝爹爹、姆媽，我們雖在沙漠裡，也沒有忘記我們。下次絕不可再寄任何東西。吃的我現在又去軍營中買，一次買大批的，就是要排隊等，一次要等五小時以上（早晨八點半去，下午兩點半回），我自己一個人去，買大批東西，再去鎮上叫計程車回軍營，自有軍人幫我抬上車子，這樣每月可省二、三千塊（便宜三分之一還要多），我這次看見有橘子，一口氣買了十公斤，比外面市價便宜一半，所以姆媽不要擔心，我們會想辦法，我一月半月買一大批，排隊也只是苦一個早晨而已，何況同等的太太們也可聊天。

更好的是，我們的汽車已運來了，這種車有兩門的，有四門的，荷西想了一想，加了一萬多，買四門的，他說將來爹爹、姆媽來了不必彎下腰進出車子，四門的大一點，進出方便，是白色，裡面黑色，非常美麗，很空洞，我們結果是一次付清，十二萬一千（西班牙本土是十六萬，此地不上稅，另外車內無線電沒有），現在我們窮得只有幾千元在手上，尚得借一萬元來度日，好在下月一日又發薪了（一次付利息可以省下六千多元），馬德里我們尚有三十七萬左右是定期存款。（其中八萬五千是荷西，其他是爹爹的。）車子後天牌照弄好，我們買好保險就可開車了，這樣我買東西、荷西上班都方便多了。

我的身體已好起來，一吃東西，人又胖了，真沒辦法，前半個月人如同活死人，天天躺在床上，現在已會起床，也能洗東西、洗地，精神亦好起來，胃口不太好，但又胖回五十四公斤。這一陣天氣非常好，不太冷，我去申請了俱樂部做會員，現在可以去游泳，晒太陽，做會員可以用游泳池，每年三千西幣。沙漠中生活太無聊，所以我們去做會員。

這輛車子名叫「馬兒」，因為它總能在沙漠裡飛馳。即使是四個輪子都陷在沙裡了，只要在輪子前鋪上木板，用力一發動，「馬兒」就又從沙裡跳出來了。

想來明天新年家中又是一番熱鬧，只是今年外公是太可憐了，我想他已放棄找快樂，一個人如果心死了，那麼活著是非常無聊的。我本想今天請朋友們回來吃年夜飯，但是荷西下班時已是十一點深夜，所以改在這個周末叫朋友們來吃中國菜。我已兩天無水，我們買瓶裝的淡水來洗碗，真是豪華。

想想姊姊一定又在為公婆家過年忙碌，我也做得一塌糊塗，我公公現在已發腎臟炎，他年紀大了，荷西十分擔心，我公公家數荷西最孝，其他人不怎麼孝。我昨日尚寫信給我公公，問他要不要維他命，因他病了快一個月了。

台中大爆炸案，我們在收音機中聽到新聞，荷西說是台中，我想一定炸得不得了，不然撒哈拉電台怎麼會有消息，果然死傷那麼多（報紙來了）。

我因病了快半個月，欠信快三十封，都得回信，所以稿子被攔下了，這一陣已寫好草稿一篇。太多朋友在通信。

味精及六神丸已收到。最奇怪的是，「雲南白藥」藥方上說，可治喉腫痛，我前一陣不但喉內生膿，連舌頭根上都發膿疱，我怎麼打消炎針都無效，結果服兩次白藥摻白蘭地，第二日便大好，嚥水不痛，又服兩次，完全消退，所以我覺比六神丸更有用，只是這種東西太烈我不敢多服。

我們現在在等四、五月時的一個新工作，賺得少，但是是在西班牙南部，很有希望會去，是一個港口的工程，有四年的工作期。這兒本地非洲人要獨立，摩洛哥人又要下來，下面毛無里他尼安的人要上來，大家都為著搶這個大磷礦，我們這兒數天便有爆炸，現在夜間十二時後已戒嚴，情況非常不安定，好在我們沒有小孩子，萬一有事了也不怕。

我們可能夏天一同去馬德里看房子，現在尚未決定。不多寫了，祝爹爹、姆媽新年快樂，身體健康，希望不久的將來，能夠來同遊西班牙。外公請替我問候。

妹妹上

PS.爹爹，信封上郵票是新的。

姆媽，我有一本全部中國的郵冊，現在在哪裡？裡面有好多套在國外已很值錢了。請過年後替我留意留意，謝謝！不要被小孩玩掉了。我的書都還在嗎？我回來時要的。

一九七五年三月十五日。

我最討厭過生日！請你們忘掉我又老一歲！

姐姐：

我們的信恰好錯開了，收到妳的信，我也已寄了信給妳，不知道妳收到沒有？我這幾個月來老是生病，實在沒有意思，但是它要生病我也沒有辦法，我想沙漠裏太不運動了，才會如此。

妳這次寄來的照片真是時髦漂亮年輕，好像孩子們的姐姐一樣，最奇怪的是蕙蕙，她胖了，變得意外的好看，妳一定要打扮她，給她信心，妹妹還是妙妙貓的模樣，頭髮剪掉太可惜了，小弟很好看，但是不壯，妳要常帶他們去公園玩，甚至可以去烤肉，給小弟長壯點。荷西說：「妳姐姐那麼好看，婚前一定有很多男朋友。」我回答他：「就是可惜結婚太早，要不然她還可以瘋一陣再嫁人。」不過我現在反過來羨慕妳，因為妳那麼年輕，小孩卻長大了，不像我，到現在沒有孩子。荷西說妳非常好看，又年輕，我覺得妳的打扮還是太老氣，像我只比妳小三歲，但是我還是穿牛仔褲，梳辮子，人就年輕。不過台灣的環境也不容妳亂穿，我在此就自由多了。

姐夫對妳好，也是妳這許多年來的忍耐換來的，一個女人最要緊的是不虛榮能吃苦，（好虛榮能吃苦也行，最怕又不會吃苦又要過好日子。）這一點妳是做得非常好。像我其實也一樣，我現在手邊沒有一毛錢，因為我懶得管錢，每月的錢由荷西管，出去買菜，看電影，買郵票，買衣服，我就伸手要，有時由他付，我可以十天半月不接觸錢。妳們一定好笑，妹妹這個守財奴怎麼變了，我跟妳講，這是荷西太真誠，我對他有信心，知道他沒有私心，不會騙我，所以我放心完全不管錢。我們夫婦感情好我也要做一半，我從不抱怨沙漠（其實住久了也習慣了）。所以我說妳也是苦出來了，姐夫能講妳好也是他還有眼睛在看妳的為人，妳要更加對他好。（你們什麼時候可以搬個家，房子弄漂亮一點？）他工廠撐得如何了？

我們六月可拿三十六天的假回西班牙去，路費兩個人來回就要三萬（兩萬台幣），另外一個月尚要用五萬左右，但是我們一定要去。這次去想去買一幢公寓，我們銀行有三十萬西幣（二十萬台幣），這錢有三分之二是我的，三分之一是荷西的，我們用這錢付第一期分期付款，以後租出去，再自己貼一點，苦五、六年可買下一幢一百多萬的房子。這樣一買房子，我們度假的錢都要向公司借，以後也完全沒有現款，但是我不怕苦，年輕苦老年了就有點財產了。買了房子就不能離開沙漠了，因為此地薪水好，我們回西國賺不到這麼多（我們每月可存一萬西幣，有時還多）。也不能回台灣，我們這五、六年可能一點現錢也不餘。爹爹說可以出路費給我回家，但我想不能再用爹爹的錢，我不回來。荷西賺得不少，但日子還是拚命省。

聽說妳有文章登在中央日報上，我真是恭喜妳，請寄來給我看看好嗎？妳的「妙妙貓」（就用這個名字）可以寫她一大篇，這個瘋子女兒很有材料可寫。寫稿不但可出名，而且有錢可賺，我每月都賺一點點，但是我還是喜歡。希望我們兩人都常上報。妳用「田心」做筆名嗎？

爹爹在新店買新厝，我很失望，我希望爹爹姆媽五年後可以來西班牙住，現在我們沒有能力，沙漠也不能住，現在爹爹買新屋，我怕他們錢又緊，不肯花錢來西班牙，我又無法寄路費。將來也不行，荷西不是發財的料，妳替我禱告給我中獎券，我有錢接父母來（我們上月中兩次獎券，共兩千西幣）。

寶寶的小孩實在很好玩。我計畫今年九月懷孕，明年五月生產（沙漠生，或回台生，但沒有錢回來），馬德里生產比較安全，但沒有人管我不行，我婆婆不像姆媽那麼好，所以大概在沙漠生。妳是否有一張「生男育女可由人」（讀者文摘）的文章？？可否寄來給我？

妹妹上

荷西抓回來的大蝦。

撒哈拉「繁星花園」
一九七五年重五十七公斤。

一九七五年四月十七日。

姐姐，大哥的死使我感慨萬千，本來並不想回國的，但是現在思家心切，每日夢中總是看見你們，我出國不及兩年，先是外婆，現在大哥，再下去不知是誰，妳說我心裏如何平安。我跟荷西談了又談，想了又想，我們的錢，如果回國，便不能買房子，買房子，便不能回國（回來一趟總得十六、七萬台幣），但是這兩件事都是必要的。

父母年紀大了，我們做子女的能給他們安慰，便應該盡力去做，我知道回來也不過是住兩三個月，但是他們一定會高興。我現在心裏十分矛盾，不回來，一直不能懷孕，萬一先懷孕了，那麼何年何月才能回台？回來一趟，我們所存又得再從頭來過，一切要晚兩年左右，荷西所賺存了一年也只得十萬十五萬，但是我實在是想回來。

人生無常，旦夕禍福，所以我現在的看法很消極。我只求有一幢公寓房子做生活的保障，其他我全不要，生活也不必拚命去省，因為人不知哪一天就得去死，這個世界努力是徒然的，想吃想玩，用掉些也不必心痛，反正要死的。

話說回來，我萬一現在死了，也沒有太多遺憾，因為我活夠了。大哥就划不來，他一生都在受苦，到頭來還早死，上帝是不公平的。嫂嫂處我有信去，她太可憐了，大哥是很對不起她的，像他那個身體，實在沒有資格結婚。

我這一陣沒有寫東西，大哥、總統的逝世，令人心煩意亂，我一直在想人生的問題，不由得非常消極。現在一面煮飯一面寫字，上午油漆了兩條長椅子和一個桌子，一個燈，弄得我很累，生活還是談不上享受。結婚一年，連條椅子都沒有（太貴了），現在總算弄了木條來做了兩長條椅子（以前坐在地上），這個家我們不但要做木工、電工、油漆工、水泥工，還要做飯、洗衣，假日還得去海邊崖岸下吊下去捉海鮮，辛苦得一塌糊塗。但是我從來沒有如此幸福過，女人真是奇怪的東西。（換了蕙玲來，只要她「住」在沙漠裏，大概就要哭得瞎眼了，我就不懂，怎麼有女人不會吃苦，其實都是很好玩的。）

妳文章寫景比我強，再接再厲啊！

妹妹上

親愛的妙妙貓，妳寄來的自畫像實在是太傳神了，想不到頑皮的貓咪也有做畫家的天賦，我非常為妳驕傲，希望妳將來做個畫家。妳說請我畫荷西捉來的魚，這一陣海洋十分發怒，荷西不能下海去工作，也自然捉不到大魚，所以我也畫不出來，但是妳看到上次我寄給妳母親的照片嗎？照片中有一隻龍蝦王，已被我們吃掉，大不大？現在我送妳一張駱駝的合照，做為代替「魚」的畫畫，妳喜歡嗎？這隻駱駝不是人養的，是野生的，但是牠十分和氣，隨便人拍照。有些駱駝就很壞，不但追著人亂咬，還會噴口水，踢人，我真希望妳也來這兒看看各色各樣的沙漠動物。妳真是越大越好看了，謝謝妳的自畫像。

祝
安康

阿姨上

蕙蕙，妳一定想，阿姨怎麼只送妹妹照片呢？這樣不公平啊！所以阿姨也送妳一張登記照，請妳不要忘記我，記得第一次出國時是一九六七年，當時妳尚是個小娃娃，所以我回國時妳叫我「西班牙阿姨」，我現在真的是西班牙阿姨了，這要謝謝妳，因為妳的「預言」使我有今日這樣幸福的日子。請努力用功，妹妹做畫家，妳做作家。祝
唸書快樂！

阿姨上

荃荃，這隻彩色的駱駝是特別送給你的，你是我們家中的「美男子」，我常常想念你，請你不要忘記我，再見！

阿姨上

一九七五年四月二十五日。

姐姐，妳的來信和報紙，還有荃荃的圖書都已收到了。這一次總統的逝世，喚醒了沉睡的國魂，是令我再也沒有想到的事，中國人民還是有希望。我這幾日看報看得很詳細，我覺得總統的得民心主要在於他自己的刻苦，六十年來領導中國，在他私人生活上可說只有憂煩而無任何享受。他的年紀大了，要逝世也是人生的常理，但是老百姓並不這麼想，我深想因為總統的逝世而使人民喪失信心，但是看情形並不如此，可惜蔣院長出來得晚了一點，如果早十年出來，台灣可能更要進步。悲哀是一定的，但是哭叫場面應該不再出現了。妳注意到報上總統的喪禮沒有軍人方面的報導？國外英文，西班牙文雜誌上我所看到的新聞是，總統一去世，美國第七艦隊馬上開到台灣海峽駐防，同時全台灣軍人進入緊急情況。後方能夠這樣安定的盡情悲慟總統，前方的將士功不可沒，我相信要痛哭的何止老百姓，軍人有多少在痛哭，但是他們不能亂跑到台北來哭，因為他們有責任，這是更痛苦的。台灣有這樣的老百姓，有這樣的愛國心，如果有一天不能回到大陸去，這實在是天不助我們，很不公平的。

荷西看見報紙，他不明白中國老百姓為什麼要哭，他說總統已經八十七歲了，你們要他活到幾歲？我想他老了要死是一回事，但是要哭又是另一回事，即使總統活一千歲，死了照樣老百姓要哭。外國人不明白中國人傳統春秋大忠大義的精神，他們也沒有「義」這個字，所以不能溝通。我這幾日為了國家政治的看法與國外一般雜誌不同，沒把我給氣死，我要讀者投書給一份西班牙雜誌，糾正它對台灣的看法，但是荷西不替我寫，我們吵得幾乎打架。外國人沒法子，太膚淺幼稚。

再說你們明年來歐的事情，我不知今年是否會懷孕，我計畫原來是九月左右懷孕，但是如果姆媽和妳來，我要早一點有孩子，那麼妳們來時，我已有一個五六個月的小孩（如果一切順利），我可交給別人來帶孩子，我和荷西與你們同遊。荷西說可交給我婆婆帶一個月或半個月。

回台灣生固然是好，但是我們沒有錢回來，路費、生產費加起來快要十五萬台幣，不是我們一年內所存得出來，加上今年要買下一幢公寓，我們的經濟

我一生在物質上沒有如此苦過，但是有荷西，我可以撐下來。女人真是奇怪的東西，只要有個好丈夫，什麼苦都甘心受。

情況會很緊，要非常省才過得下來，公寓分期付款一年內要快八十萬台幣，現在尚不知如何去湊，一想到錢心煩意亂，但是房子、孩子都是必要的。

你們明年何時可來，一定要越早告訴我越好，因為我們在非洲，訂船票要半年之前訂還會沒有（例如今年想帶車子回西班牙便無法，到十月船票已售光）。所以一旦你們知道了，我們便坐飛機去迦納利群島訂票（此地沒有代理），等你們來了，我們南部北部用車跑個夠，馬德里再租個公寓來住一個月，天天逛大公司。我心裏渴望爹爹同來，但是也許不可能。歡迎極了，你們來要替我帶些台灣茶具來。

五月五日是妳的生日，想來總統的去世令妳也無心過生日，但是我還是祝福妳生日快樂。三個孩子已經很大了，妳婆婆回來，又得忙碌一番，但是妳也不要弄得太拚命，自己的身心都要注意。

最近又胖到五十八公斤半，請速寄減胖藥給我，太胖了很不健康。我什麼都不吃仍是胖如氣球。姐夫請問候。

妹妹上

一九七五年五月二日。

親愛的小孩子們：

這是姨父荷西送給你們的小禮物，魚的名字上面是西班牙普通名稱，下面一行是拉丁文的學名。我們從馬德里託人買了寄來，再寄給你們。如果收到了請回一張短信。因為我知道媽媽現在較忙。這個包裹是荷西的，不是阿姨送。

姨父的信，阿姨譯

親愛的小蚱蜢們：

我看芸芸來信那麼喜歡魚，所以我將全西班牙的魚都寄來給你們，如果你們比較喜歡真的魚，那麼只好將來有一天來找我，我帶你們下深海去潛水，看看海底的東西有多麼美麗，我們一定會在海底玩得很好。如果你們也不喜歡潛水，那我只有下次寄些活魚搖著尾巴到你們家去住。當你們收到這個小紙包裹時，趕快給紙上的魚吃點東西，他們一路由非洲旅行到台灣都沒有東西吃。你們的姨父擁抱你們。

荷西·馬里安

（請燙一下紙，收到一定皺了。）

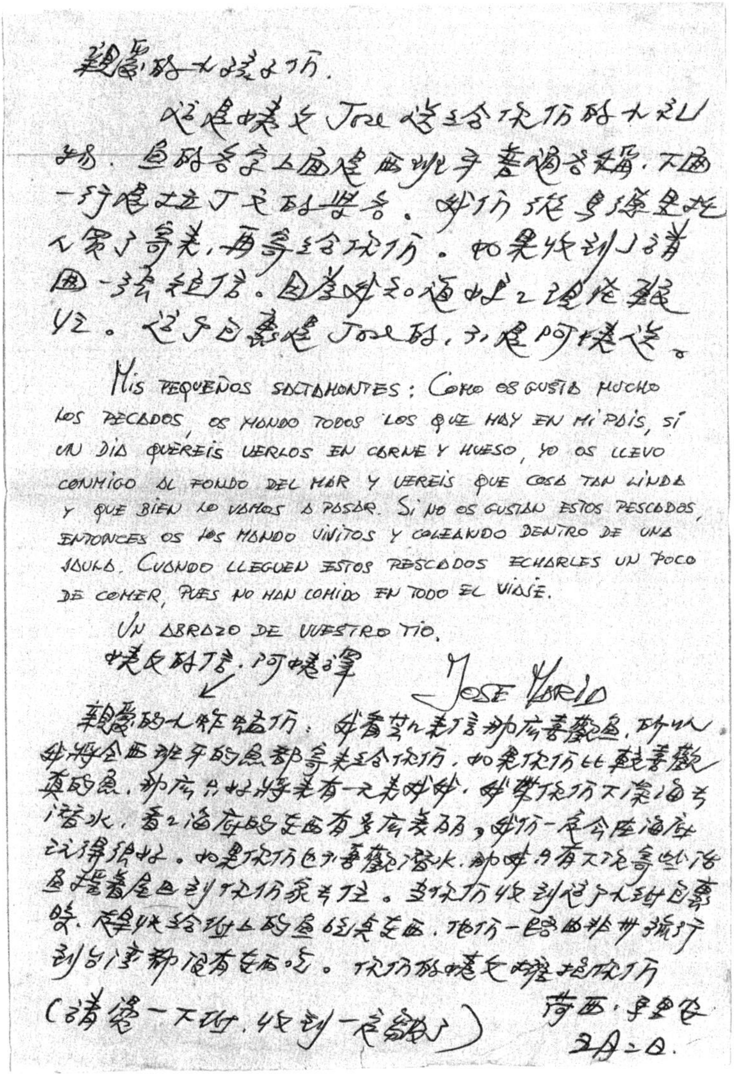

親愛的小姪子們.

這是姨丈Jose送給你們的小禮物。魚的名字上面是西班牙語的名稱，下面一行是拉丁文的學名。我們從馬德里托人買了寄來，再寄給你們。如果收到了請回一張短信。因為我不知道[illegible]收。這個包裹是Jose的，不是阿姨送。

Mis pequeños saltamontes: Como os gusta mucho los pescados, os mando todos los que hay en mi país, si un día queréis verlos en carne y hueso, yo os llevo conmigo al fondo del mar y veréis que cosa tan linda y que bien lo vamos a pasar. Si no os gustan estos pescados, entonces os los mando vivitos y coleando dentro de una jaula. Cuando lleguen estos pescados echarles un poco de comer, pues no han comido en todo el viaje.

Un abrazo de vuestro tío.

姨丈的信，阿姨譯 ↙

Jose Mario

親愛的小蚱蜢們：我看到你們來信那麼喜歡魚，所以我將全西班牙的魚都寄來送給你們，如果你們比較喜歡真的魚，那麼只好將來有一天來我家，我帶你們下海去潛水，看看海底的東西有多麼美麗，我們一定會在海底玩得很好。如果你們也不喜歡潛水，那我只有天天寄些活魚搖着尾巴到你們家去住。當你們收到這個大紙包裹時，趕快給紙上的魚吃點東西，牠們一路由非洲旅行到台灣都沒有東西吃。你們的姨丈擁抱你們

（請覆一下姨，收到一定回信了）

荷西・馬利亞

2月2日.

三毛和荷西寄給甥女及外甥的信。

一九七五年七月九日。

姐姐：

太久沒有給妳寫信了，常常收到妳的來信，卻因為太忙無法安心提筆回信。現在我考試已過，駕駛執照的筆試及格了，這是我花了一星期苦唸交通規則的成績，開車考時一緊張，車子熄火了，所以下星期還得再去考，沒有及格。這一陣就是忙碌這一件事情。

其實這裏亂還是很亂，但是不是本地人，是摩洛哥人下來放炸彈，這個四萬人的小地方，每天他們都來放炸彈，弄得我們公共場所都不敢去。現在摩洛哥又要打下來佔領撒哈拉，我們本來已經要走了，但是找到的工作只給兩萬五一個月，合台幣一萬七千，如果要租房，吃飯，再加上一輛車，這個薪水可以維持清苦生活，無法存錢，所以我們不要去了（這兒每月賺五六萬元一月，省吃儉用，可存兩萬三萬一月，付馬德里的房款），我的心情很矛盾，不走了，又擔心此地再燒殺白人如上個月，如去了，錢太少，都不是很安定的生活。這幾天沙漠又颳大風沙，我們屋頂又飛掉了，這種日子有趣是有趣，但也實在辛酸，家中一切簡陋到不能再簡，怎麼相信是入月上千美金人的家（在美國我們用同樣的錢，可以過十倍好的日子）。

今天是我們結婚一週年紀念，荷西買了一盒糖和一個銀手鐲給我，糖只有合台幣兩百多塊，但是我們想了一年沒有捨得買，總算現在買來吃掉。晚上我們要去國家旅館吃飯。我們從來沒有出去吃過飯。回想一年生活，有苦有樂，最有成績的是我們共存了快二十萬台幣（連車子在內），我們是硬省，但有成績也不算白吃苦，所以一個家太太是很重要的，太太省，一個家才會好起來，荷西也不太用錢，但是比起我來手又鬆了些。荷西是個誠懇的人，不虛假，負責任，對我有感情，體貼，凡事跟我商量，家事幫忙，我憑良心說，不能再挑他唸書不夠的缺點，我十二分的滿足了。我們常常爭吵，大半為了他的兄弟（因常來要名貴東西），我公婆是很好的人，婆婆尤其對我好，所以我們不會為公婆吵。最近為了學開車，他常常罵我，我們又吵，但是這些事完全是正常的，我想婚後一年實在是幸福，再苦的日子我也不在乎了。

外公再度回台，我為這事掛心得不得了，姆媽像老牛一樣為這個家在做，我怎麼忍心。請妳勸勸姆媽，明年出來走走，最好爹爹也來，妳也來。如果姆媽來了，一個人，我們不好玩，爹爹一定不肯來，但是有我陪一定好玩，包你們玩得好。我們聽說姆媽可能會來，所以明年的假不知怎麼辦，因荷西與我本想明年二月去出租我們馬德里的房子（要自己去登報出租，他家人不管），現在我們計畫拿半個月的假，等你們來，再拿一個月，要不然荷西無法同來。請盡早告訴我你們大約何時可來，我們要將車子運去要幾個月前便買票。爹爹妳也勸勸他來兩個月。手續如果有我在，直系血親，不難。我們省省的用，自己開車，住中等旅館，不貴的。

我已三個月沒有吃藥，但是小孩子並沒有來，怎麼辦？是否不會懷孕了？荷西又急起來，催我去看醫生，我想半年、一年沒有，再去看看怎麼回事。我公婆望穿了眼希望抱孫子，他們只有外孫，姓Quero的沒有。我並不太急，反過來荷西天天急，他神經病啦！一下要，一下不要，現在又要了。

昨天一個炸彈炸在我們停車附近（在鎮上），我被嚇得眼睛都黑了，後來我們又跑去看熱鬧，炸彈一炸，地都會震。

姐夫生意怎麼樣？錢有沒有周轉好些？請妳問候他。妳的三個孩子可愛健康，這是妳的收穫，但是我總覺得妳太可惜，結婚太早，沒有過好日子。妳公婆好嗎？妳每天去嗎？為什麼不去學開車，然後買輛小迷你開來開去？張蘭有沒有事給我做？迦納利群島曲銘有船嗎？

妹妹上

一九七五年九月二十日。

姐姐：

恭喜！恭喜！妳知道考取駕駛執照是比中特獎還難的事情嗎？我沒有夢想在台灣考過，因為台灣太難了，想不到妳一考就過，現在我們家只差毛毛沒有執照，我們都有了，難怪爹爹那麼高興。現在妳應該分期付款買一輛小迷你車（如老膠的），如果考了執照不開，會忘記，因為妳要學開車，是執照之後的事。我們這兒交通很不亂，但是我初次獨自開上街，還是緊張得不得了，現在好多了。台灣交通那麼亂，我想我回來也不會開車，嚇也嚇死了。妳問問寶寶新車要多少錢，新車雖貴，但性能好，不要買舊車。

妳說明年來要那麼多錢，我實在難解，此地旅行團去遠東旅行，十九天，全部包括在內，收六萬台幣，我就不懂台灣為什麼收那麼多。但是跟旅行團來只有一個好處，就是各國的簽證會出來，如果私人申請，往往三個月尚不給簽證，像伯伯嬤嬤來一次歐洲費了多少事申請入境，結果義大利還不給。

妳現在一定要跟旅行社商量，妳怎麼能在西班牙留下來起碼半個月一個月，因為西班牙我們在，妳來了走馬看花真是划不來。另外一件事情就是，我要從非洲回西班牙會妳，也要五小時的飛機，如果只見面兩、三天，豈不是令人不甘心。我是想運車回來西班牙，我們兩人開車去南部玩，妳會喜歡得哭出來，因太美太美了。妳為何不再來沙漠兩三天？如果妳來西班牙三天，不如不來的好，太短太短了。

這幾天我大牙痛，痛得我快瘋掉了。我這一個月來，每天都跑醫院，徹底的醫鼻子過敏（醫好了）。現在這個牙齒啊，發炎發膿了，醫生不肯拔，因為拔了膿會散開來，深入傷口，一發不可收拾，他給我服了快一百粒特效藥，我體重一落四公斤。我痛得瘋了，上星期騙他好了好了，叫他拔掉。他上當了，給我拔，現在自作自受，傷口那個洞，發膿了，口腔完全發炎，仍是痛、痛，又是特效藥，醫生也不大管我，也不替我洗洗擦藥，只吃口服藥。我真恨死了，這種小毛小病永遠也不會完，所以醫療保險也不大好，醫生很差，不大管病人，口裏爛了一個深洞，我什麼也沒有心做。

所以妳講起父母的愛心，我覺得很對，我拔牙的麻醉很差，許多人都講這個醫生麻醉很少，會拔得痛死，但我當然是一個人去拔掉，以後一次一次去醫院，或去買藥，或照X光。荷西有空也不陪去，這個汽車又壞了，每次發動都要推，我人痛得昏昏沉沉，也是一個人在街上請人來幫忙推車，荷西並不管。我每天講，要修，要修，他也好似沒聽見，我痛得這樣，他內心並沒有為我痛苦，他每天過得一樣，還叫朋友回家來吃飯，我想他根本沒有為我的痛在分擔。妳說他是個壞丈夫吧，他不是，他下班了就回來，對我也還很負責，錢也給我，但是精神上，他怎麼能跟父母的萬分之一比！我記得以前在台灣有一次下巴脫臼了，爹爹帶我去口腔外科把下巴放回去，我痛得叫，爹爹臉色都白了，後來他對醫生說，他要暈倒了，還是出去等。所以我常常想，丈夫是不值得去犧牲的，只有父母是要回報的。像荷西那麼好，但是對我實在是不夠不夠，他的好是做出來的，來討好我，但是他的心裏就不會自然的為我痛（我會為他痛），不公平。

不過我已很滿足了，起碼他心裏還沒有別的女人。

恭喜妳有了新房子，我以後會寄給妳很多美麗的雜誌，都是佈置房間的，太美了，我每期都買，我真希望能明年回來一次，替妳從頭到底的佈置，要出書我就回來三個月。

皇冠雜誌給我兩百美金，預定我出書的錢。妳看，我的書會洛陽紙貴，我還不要呢，將錢退回去（將來再談書價）。一共有三家出版社來談了，我都不要。

這本書我出了時，要在書上寫，送給我的父母，爹爹姆媽會高興得不得了。

蕙蕙也是我的忠實讀者是嗎？我就是寫給她這種小孩子看的，我的文字都很淺。

這兒每天都有定時炸彈，今天下午又放一個，但是除非運氣太壞太壞，不會剛剛去炸死（當然每天都會有人偏偏去炸死）。

姐夫生意好轉沒有？妳們明年的新房子，家具除了妳的床之外，應該完全重新買過，舊的太難看了，應該賣給收舊貨的。

我要的東西太多了，乾脆一樣也不要。荷西與我都酷愛吃冬菇，有冬菇時請存下來給我們寄來。台灣烏來冬菇也歡迎。

衣服不要，我回來時再做。

假睫毛稀的一種，請寄幾付來，膠水不要，放信封內寄來。

我們賺來的錢，完全投資在那幢房子上，靠薪水存錢真是辛苦，我們一個月存三萬（兩萬台幣），再多實在無法，很省很省了。現在家中還是一把椅子都沒有買，只做了兩條長凳子。

家中事情我放心不下，都在家裏信中寫了。姆媽說妳常回去幫忙，芸芸也去幫忙。寶寶不知情形如何，姐夫及小孩子們好！

妹妹上

有一次寄給妳兩隻口紅，妳還喜歡嗎？合用嗎？一共才一百塊錢不到，一隻口白，一隻口紅，一同擦（先口白，再口紅），妳未提起合用嗎？

又有一篇〈芳鄰〉投稿，請替我注意刊出的日期。這次寫得很順利，才寫了兩天，一天草稿，一天抄上去。共七千字。

又：我前幾天有一小包藥寄回去，給寶寶治鼻子，是航空，叫他收到後回信給我。

一九七五年十月九日。

姐姐：

妳的來信、錢及眼睫毛都收到了，我實在不忍心收妳的錢，因為妳自己並沒有錢，都是去省下來的。我們這兒如果不是為了那幢公寓，日子可以過得很舒服，現在做了房子的奴隸，我很有悔意，但是也沒有什麼辦法。妳的錢我們不會用，以免萬一這幾個月又亂了，手邊又是一點錢也沒有，爹爹那邊我不再向他借，因為我們要自己來，但是明年二月以前如果局勢不變，沒有太大問題，一獨立失業，我們只有瘋掉，這個房子明年二月要五十萬，八月要三十萬，每個月又要一萬，現在我們離明年的第一期五十萬尚很遠很遠，所以局勢一定不能壞下去，但是很不好，大家又逃了，因說十二月要獨立。反正急也沒有用，等到明年再說了，荷西說，如他失業了，我回台灣，他回馬德里，失業的那筆遣散費用來付第二期三十萬的房子（如果有那麼多），我等他找到事了再回西班牙，這樣開銷省，我也不必去跟公婆同住，我說不定明年還跟妳一起回台灣住住同時出書呢！

我這一陣心亂得很，其實沙漠再苦，有錢賺我也認了這個苦，現在還不給賺。

我的大牙發炎已好，另外一顆又痛，要補，真可怕，補牙不在保險內，得自己出錢。

妳駕駛執照考上了，一定要練習，不練會忘掉，經驗也不足。我現在開車去鎮上很擠的地方，還是怕得很，車又壞了常常熄火，所以很怕開，大概開一年後才會開熟。

妳的新家，我買了很多雜誌，全是佈置家的，下次寄給妳參考，現在被人借走了。妳的孩子慢慢長大，苦也快苦出來了，公婆如果明年赴美，就好多了。姐夫生意情形不見妳說起，我亦是掛心。

我曾給家中去信，拜託妳做一件白襯衫給我，最普通的白布，國民領，短袖，如妹妹們學校制服一般就可，妳去東門買。如果有好看的牛仔布，請做一條長裙子，四片裙，腰身尺寸做妳的（放一點點），如果沒有牛仔布，就什麼都不要，只要襯衫。以前寄來的全洗黃了。錢請用我家中稿費去算，我所賺不多，但每月都有幾千收入，可以自己付，請跟姆媽算清。尺寸做妳的，放一點點，因我比妳胖。

我投稿的〈芳鄰〉怎麼一直不刊出來？妳看到了嗎？我已寄了快十幾天了。

這兒的人又逃光了，我們是不再怕了，好在十一月要強逼去度假，我們可以出外躲一個月。這些撒哈拉威人真瘋狂，你要獨立，西班牙也給獨立，吵什麼嘛！不是不給，是給他們獨立，但要商量細節，他們就亂殺亂燒，又來放炸彈，神經病啦！所謂強迫度假是因為我們尚有一個月假未拿，公司一定要我們拿，我們根本不想度（因不能賺錢），也只有去了。美金下次不要寄我，我們很好，妳放心，明年見！

妹妹上

小孩房間的佈置書上有好多啊！我這星期內寄給妳。

一九七五年十月十八日。

姐姐：

我們這兒的局勢又很壞了，這一次是跟北部摩洛哥，因為摩洛哥說西屬撒哈拉是他們的土地，這件事情已鬧了快十年了，前天無論是聯合國或海牙國際法庭，都已調查結束。西班牙跟摩洛哥打的官司摩洛哥輸了，國際間都說，應該給撒哈拉獨立，不應給摩洛哥佔領。

這是前天，前天下午，摩洛哥的國王廣播，他說不管怎麼判這個官司，二十七號（十月）他要放五十萬個平民，不帶武器走過邊界，來強佔撒哈拉。他的想法太狡猾聰明，他不用軍隊，放婦女和小孩子過來，西班牙無法開槍打平民，這是無論如何西班牙已經沒有打就輸了的一場戰爭。

我們住的地方離邊界只有四十公里，現在已經佈得麻麻密密的軍火和帳篷，如果二十七號他們摩洛哥人走過來，我們被活活吃掉已是沒有問題的，我們此地一共四萬人，歐洲人兩千多，現在我們已被嚇死了。今天我們開車去看了一看邊界，我們這邊火箭炮都已放好，炮衣都脫掉在等，這個同時，聯合國安全理事會召開緊急會議，要在二十七號以前調理這事，西班牙當然緊張，各國記者一下子全湧到此地來。

我們要走，但是只有三十一日的票，還是託人千辛萬苦去搶來的機票，荷西有一個月的

我們的情感，是荷西在努力增加，有這樣一個好丈夫，一生無憾。

假，我們三十一日離開，去迦納利群島的Tenerife島住一個月，等局勢轉好再回來。但是二十七日將會發生什麼，誰也不知道，因為摩洛哥人很兇，現在不只是國王一個人要佔領，全老百姓都要殺過來，自動去登記二十七日越邊境的老百姓就有三十萬（今天一天），我們真是氣死，我快被嚇死了，但是沒有什麼辦法，只有等二十七號的來臨，我想不可能打起來。這片沙漠有豐富的磷礦，有一千多公里的海岸（漁業），大家都來亂搶，事實上不值得這樣搶，打一場仗，五十年磷礦所賺也抵不過。我們心理負擔很重，新房子付款尚差那麼多，我們無論如何禁不起動亂，如果一亂，我們不但失業，房子也付不下去，真令我憂急。

姐姐，不行啦，現在聯合國決定二十日開緊急安理會討論摩洛哥平民入侵的事情，我們在聽廣播，摩洛哥提早入侵，現在是二十三號來，他們趁聯合國軍隊來不及趕來，他們先來。今天是十八號，我們走不掉，政府沒有飛機來疏散，我們日夜聽廣播。明天早晨我去看此地認識的人，看看有沒有法子拿一張機票，荷西無所謂，他說沒有孩子，沒有財產，但是一場驚嚇是免不了，他公司沒有說叫人走，我們不能停工。現在我先告訴妳，妳不要告訴爹爹、姆媽，不會有事，但是這一次是很緊張很緊張。

我有告訴爹爹、姆媽摩洛哥跟我們很危急，但是不知是二十七日，現在提早到二十三日。我二十三日一過，馬上告訴妳，先寄此信，以免郵政不通。不必回信，我收不到了。

我想沒有事，妳做一個準備，萬一我有事，我寫的書要出，皇冠雜誌可找平鑫濤社長，他會替我出。

我的文章家中有存起來嗎？書出了是送給爹爹姆媽的，不要忘記寫在第一頁。

全家人好。

妹妹上

十九日寄

一九七五年十月二十日。

姐姐：

摩洛哥人來啦！

「現在」來了，他們早上開始像螞蟻一樣來了。如果我出了什麼事，請替我出書送給爹爹姆媽，我們無法疏散，邊界在打，我們逃去海邊。

人的一生不值得什麼，我也過得夠了，妳不要怕，沒有遺憾。

我很愛你們，全家人。

沒有電了，沒有水了，食物也沒有。如果事情過了我會馬上告訴妳。

妹妹

槍聲已聽見了，這次來得太快了。

爹爹姆媽處不要講！等我消息。

荷西的迷人，在於他實在是個愛生命，愛人類，愛家庭又極慷慨的人。

一九七五年十一月一日。

爹爹，姆媽：

先向你們報告好消息，荷西與我今天下午五點已經再度會合，我二十二日離開撒哈拉，荷西今天在最最危險，幾乎是不可能的情形下，坐軍艦離開，我十日的無食無睡的焦慮完全放下。這十日來，完全沒有荷西消息，我打了快二十個電話，接不進沙漠，沒有信，我去機場等，等不到人，我向每一個下飛機的人問荷西的下落，無人知道，我打電報，無回音，我人近乎瘋掉。

結果今天下午他來了，爹爹，姆媽，你們的女婿是世界上最最了不起的青年，他不但人來了，車來了，連我的鳥、花、筷子、書、你們的信（我存的一大箱）、刀、叉、碗、抹布、洗髮水、藥、皮包、瓶子、電視、照片……連駱駝頭骨、化石、肉鬆、紫菜、冬菇……全部運出來，我連一條床單都沒有損失，家具他居然賣得掉，賣了一萬二千元（小冰箱、床、地毯、洗衣機），不但人來了，錢也有多，在AAIUN那種人擠人，人吃人（已無水十五日、無車、無食物、無汽油、無藥），人爭著搶上飛機的情形下，他獨自逃去海邊，睡了兩夜露天，等船來。軍艦來了，不帶，恰好有一條船卡住了，非潛水夫不能開，他說：「我下水去替你們弄，你們不但要帶我走，我所有滿滿一車的東西也要上。」結果他奇蹟似的出現在我眼前，我們相抱痛哭一場，我是喜極而泣，他看見我，口袋裡馬上掏出大堆錢來給我看。

他下午五點到，我們六點已租好一幢美麗的房子，在海邊（荷西不能缺水），合同簽好，一日旅館費也不花，住進一幢美夢中的洋房，完完全全有家具，連牆上的畫都佈置好，有一大廳、一臥室、一小客房、小浴室，大窗對著海，家具用品應有盡有，有一小園子。這是一個海邊的社區，遠離城市，完全是幾百千幢小平房造在山坡上，居民有四十多種國籍，街上白天不見人影，幽靜高尚，不俗，人也高尚極了，是個人間天堂，治安好到沒有警察，許多老年人（北歐）在此終老，此地四季如春，我在此區已住十日朋友家。

房子是我向一對瑞典夫婦租下（我講德文），一月一萬西幣（水電在內）（合七千多台幣），食物是沙漠的半價，我的廚房應有盡有，令我眼花撩亂。荷西已入睡，十日來，他白天上班，夜間搬家，尚去弄好了此地Las Palmas的藥醫保險，是一個了不起的大勇的好男子漢，我太愛他了，我當初嫁他，沒有想到如此，我們的情感，是荷西在努力增加，我有這樣一個好丈夫，一生無憾，死也瞑目。（要妹妹ECHO講出這樣死心塌地的話來，是太陽西邊出了。）我比起他來，在人格上理想上是高他一等，在能幹上不及他一半，只有爹爹可與他相比，但爹爹性格內向，身體不好，常常自苦，荷西卻沒有這種使他痛苦的性格，這是我們陳家的驕傲，有如此一個好女婿。你們一定要更加愛他這個兒子。

爹爹，姆媽，你們一定會喜歡荷西，經過此次的考驗，我對他敬重有加。別人的先生逃出來只一個手提包，臉色蒼白，口袋無錢，亂發脾氣，荷西比他們強很多很多。我們陳家人，有骨氣，但是性格全都內向（包括姆媽，她忍在心裡）過分老實，但是荷西就是「滑落」，也不自苦，也不多愁善感，我很欣賞他，粗中有細，平日懶洋洋，有事不含糊。

再說撒哈拉，在本月十八日摩洛哥送三十萬平民走過邊界，後又增到二百萬「人海戰」，西班牙嚇得癱掉了，AAIUN連軍人才四萬，全撒哈拉西屬，才七萬五（二十八萬平方公里），後來南邊茅里塔尼亞也由南邊送平民來過邊境（我就逃掉了，無票上機），這幾日緊急會議再會議再會議的結果，西班牙不戰而敗，已簽密約，摩洛哥與茅里塔尼亞瓜分撒哈拉，最最可憐的是撒哈拉威人，他們苦苦血戰的獨立，已成泡影，AAIUN所有撒哈拉威人完全失業，軍人（西班牙軍內也有撒哈拉威人）解散，他們成了無國籍的一批可憐蟲，現在他們恨死西班牙人。

我們好友罕地，三十二年跟西班牙軍，現解散，完全不理，失去西班牙籍，AAIUN在軍隊重兵保護下，西班牙平民撤入軍營同食同住，撒哈拉威人住的區完全在坦克嚴密監視中，他們是被西班牙人出賣了。西班牙人沒有為他們的死活做打算，現無水，無食物，孩子要餓死了，紅十字會已開去救濟。我雖然痛恨撒哈拉威人，但是他們將來臨的命運是可憐可憫的，是二十世紀的猶太人，無國籍的七萬五千人。荷西臨去送給罕地八千西幣，罕地流淚不語，已收下，他有九個孩子，如今吃什麼？吃沙土，完完全全無食物。

再說荷西的職業，我們大約再做兩個月便失業，但西班牙可能留下磷礦與摩洛哥合開，也可能放棄（用摩洛哥的海權交換給西國打魚），但是公司說，我們可再分配國內工作，也可拿錢走路，如留下去，薪水加百分之百（因撒哈拉威人有游擊隊，要殺死所有西班牙人。有道理，西班牙利用了他們），好在荷西有一個月的假（我們留下的），先住一個月再去做，等公司分派將來工作。

我的「沙漠學校」在我等機的空檔，尚回家給一個女生上了「最後的一課」，她流淚握住我的手（姑卡），我們相對無語，機場已成地獄，那是十天之前，現在的AAIUN更是難以想像，我今天聽荷西說撒哈拉威人的情形，我流淚吃不下盤中的牛排，撒哈拉是第二個越南，西班牙人出賣了他們。

我要寫一個中篇約十萬字，「撒哈拉最後的探戈」（探戈是一種舞蹈），這是三毛眼見的血淚史。另外我要寫「最後的一課」和「大逃亡」（荷西）。

可憐的是，我好友Paloma的丈夫Jauies（萬事通）明日尚得回沙漠（為了工作），他們全家人哭成一團，但他們無一文積蓄，只有去，又有孩子，要去賺錢。我借給Paloma的錢算做十日的住宿費，堅持不要她還，萍水相逢，收容我十日，已是義薄雲天，我們現在是近鄰，也好彼此分擔憂苦。今日晚飯是Paloma送來。

我們已打長途電話給公婆，婆婆終日啼哭不已，現已會笑，下星期姐夫來住三日（他是旅行社的社長）。

荷西在分別後，寄給我幾封信，我一封也未收到，因西班牙封鎖消息，只說摩洛哥不再入侵，沒有說密約，但AAIUN人自是完全知道，所以信件完全封鎖，交通軍方有，平民已斷，婦女尚有未走，全在軍營中吃住等機等船。IBERIA航空公司說因為有狂風，不再飛AAIUN，荷西能逃出來，是他的機智，我們只有原子筆掉了一支，所以用紅筆寫。

爹爹，姆媽，我們平安、健康、幸福，居所美麗，這都是荷西所賜，我感謝上帝給我如此的好丈夫。

姐姐一同看信，我不再寫，小鳥「芸芸」也出來了，很高興，在睡覺（鳥食也帶出來），都是荷西一人弄的，他人很瘦很瘦，要好好休息。

再說，荷西在沙漠出大車禍，對方死了，他完全沒事，是死了的那方錯。

荷西十二月再去沙漠，我們十一月薪水尚未領，已託好友代領（最最好友，好男孩，我有妹妹一定嫁此年輕人），他周末出來帶錢給我們。在外朋友就是財富，現在苦難才見真情，人間溫暖不會消失。

此地靜得沒有郵差，小分局郵局每日開半小時，自去取信，你們有事打電報來可送到我們家，沒有電話（不需要），海邊在十分鐘下坡路，空曠無一人跡。

我們住的四周，是瑞典人、荷蘭人、法國人、英國人，對面是一小小超級市場，有煤氣，每日牛奶、麵包送來門口，一星期結帳一次。在此「芳鄰」是雞犬相聞，老死不相往來，但在區內，人人見面道「早安、午安、晚安」，不必交談，談不通也。我住友人家十日，全家出去了，門就大大的開著，但鄰居不來往，有教養而親切，跟西班牙風格大不相同，荷西也喜歡，我也喜歡。附近有一小鎮，鎮上全部西班牙人，人和氣得像在天堂上，太和氣太和氣了，是糖做的一群老百姓，太好太好太和平的人了。

爹爹眼睛不好，要不然我還多寫，將來寄照片給你們看美麗的新家。我們很幸福，前途不知，荷西餓不死，要餓死他恐怕很難，他手很巧，什麼都會做，不愁！

妹妹上

一九七五年十二月五日。

爹爹，姆媽：

荷西去上班四日，又回來了。

他的公司在十二月十五日停工，轉交給摩洛哥國營公司保證的工作，是一個騙局，過去大家都要罷工，公司就發通知保證每一個人將來都轉派工作（是國營的公司），現在高級職員，有人情的職員，全都有工作，但是所有百分之八十的人失業，勞工部長保證的事，是放屁，現在沒有工作，沒有遣散費（一個月底薪約兩萬台幣），沒有發旅費回來，沒有一切政府一再保證承諾的事項，當我們是狗一樣的一腳踢開，我們沒有工會，要告政府只有自己請律師告（我們有勞工部長簽字的印刷信，保證工作），現在我們很鎮靜，開銷馬上省下來，不可再花一分一文不當的錢。然後我們要跟馬德里一群專門替工人打官司的律師去商量，看看是否有補救之道（這群律師不收錢，等案子了了，才收一點點，以前荷西案子，完完全全不收錢，是一群年輕人）。

我們是西班牙跟摩洛哥交易下的犧牲品，西班牙出賣了撒哈拉人，也出賣了自己三千勞工，西班牙的政府在爛掉，法蘭哥的家族成了千萬富翁，全西最大的百貨公司、市場、房地產都是他女兒的，最大的醫院是他女婿的，他的太太、女兒、孫女，穿孝穿黑色貂皮大衣算穿孝，我們吃沙吃灰在沙漠苦，現在一腳踢開，遣散費等於是狗屎，付兩個月房租正好，生活那麼高，三萬塊西幣正好是三千包一公升的鮮牛奶價，現在摩洛哥人在沙漠屠殺六十歲以下的撒哈拉威人，年輕人全部逃亡阿爾及利亞加入「人民解放游擊隊」。西班牙人有許多跟了去，我不拉住荷西，他也要去（他如去，我跟去打游擊），這次的事件，我看出西班牙的腐敗，我們沒有失業保險（德國有），沒有救濟金（工作三年滿每月付四千台幣，我們不滿三年），我不是共產黨，但是不要太逼人，人逼急了，不過是死路一條，我是一個分析明白的人，對政治不感興趣，但正義在哪裡？天理又在哪裡？我們的前途政府沒有管，叫我們去死嗎？

現在另有一個機會，荷西希望替摩洛哥工作，等礦公司一移交，我們留下來替新工作做事，但是更無保證，是外國公司要請你走路便走。

現在公司薪水十二月不發，他們說「放假」半個月，以後再看。我們有房款可用，你們不要急，二月再說，我們如付不出房款，可以登報賣，如一時賣不掉，可打官司。打官司期內，每月付八千西幣仍算我們的，直到法院宣判，所以也不是什麼好急的事情。

爹爹眼睛不好，為了我們，犧牲了一輩子，請你們不要再背我們的十字架，我們尚年輕，長長的人生可以受一點風浪，不要管我們了。荷西是很能幹的人，我可回來出書，都是出路。荷西是個有為的青年，我們不會太潦倒，請千萬放心，他要上船去做海員，我不贊成，全西班牙只有二十八個如他文憑的潛水人員，難道這一道一關的考試都是廢紙嗎？（是廢紙，如是法蘭哥的孩子，不必學寫字也可一生做花花公子。）

現在唯一的機會是跟摩洛哥簽新合同，但是如果付太少（會付很少很少），也划不來做，我們很鎮靜，請放心，放心。

親愛的雙親，你們不要天天東想西想，請放開我們，給我們自己來，我們不能再收你們的錢，如果房子付不出，可以賣掉，還是有出路，不是太壞的事，你們不要再焦急，不要擔心，過一陣子馬上會好轉的。總之你們不要再背十字架了，我知道我們台灣房子賣不掉，租不出，爹爹眼睛不好，我們自己家也很困難，不能再管子女，我們已成年太久，難道還不能自立嗎？

妹妹上

一九七六年二月二十五日。

爹爹，姆媽：

前天收到包裹，我回來打開看了，才知什麼叫蜂皇精，以前只聽過。昨天早晨服一針，今日又服一針（因沒有疲倦感），睡得非常好，目前還不覺得有什麼反應，也不見強，但我想十天以後一定會胖起來。今日漁業專員梁先生開車來看我，進門便問我，為什麼說謊話，我被他弄得莫名其妙，問清楚了才知是夏教授元瑜發表了我的信，信中我曾提起，我不太與漁船船員來往，因為他們不贊成我嫁外國人。我實在記不得自己信裡胡說八道了什麼，但是我也許有講，這也不是什麼大不了的叛國罪，值得今天看到報紙便來問我何故如此寫，我老實告訴他，在碼頭上，中國漁船員的確罵我「婊子」（用中文罵我，因與荷西在一起走），結果我輕輕將話帶過，這種小事，不值爭辯，我的心胸器量都不是個傻瓜，我才不去計較他。他又說，非洲有四寶，一寶二寶三寶全講了，又哈哈大笑，說還有一個寶就是「三毛」，語氣嘲諷不堪，又笑我——妳只值三毛錢，看一看妳，只要付三毛錢入場券——（因為此地許多華僑要看我），我久不習慣這種語氣，因為我們的朋友，都是尊重他人，誠懇坦白的人，我所以不知如何回答他的嘲笑。寫作何罪？做三毛何罪？為什麼人人都喜歡我，偏偏有同胞不喜歡我？為什麼我在中國人裡吃不開？為什麼？為什麼？不再問了，這是我很清楚的事。我尚未收到報紙，明後日收到了再看我這麼寫，犯了什麼死罪。

最奇怪的是，他和另外兩個人來時，尚有我一西籍女友在家同坐，她看那人用中文高聲大氣問我，嚇得馬上走了，我真對不起這位太太，梁先生走了，我又趕快開車去她家道歉。外國人，最講禮貌，不在他人面前高聲講話，而我也給梁先生嚇一大跳，原來是這麼一回小事情。我以前會被弄得氣得哭，現在不氣，只是好笑這些人，馬德里腰痛那一大陣，也是如此這般，人，真奇怪，做了官，就以為老百姓都是狗屎，所以我不做官，也做不到，因為沒有官架子也！

爹爹，蜂皇精是那麼貴的東西，如何寄給我，你們自己不吃？我身體無大病了，血止了，咳停了，頸子扭好了，現在腳扭傷已可開車（因為跌倒當時馬上有西班牙老太太脫靴替我扭回，又馬上上繃帶，夜間荷西與姐夫也用力替我擦，又用熱水泡，這一次恢復得很快，已開車），所以我無大病，你們不要擔心，吃得也很好，包裹中附來中央日報，說維他命A的重要，我昨日吃兩大根生的紅蘿蔔，現在再去吃一大根，每日有雞湯吃。水果也有吃桔子、蘋果（不貴，三十元一公斤）。

房子賣的事情，尚在談，周末我們再去打電話給馬德里。荷西星期五回來。

沙漠邊界打了起來，看情形也拖不長了，我們尚不知如何，反正有事做，不做有錢拿，不愁不愁。聽說分派的工作都收入很差，不怕，我們有兩三條路可走，不做也有三十萬可領，一年失業不怕找不到事。聽說失業政府尚借兩百萬給買房，我就不愁。

上個月寫傷了，這個月一字不寫，上月出了好幾萬字，我休息，勉強不出來。何況我現在朋友很多，說英文的瑞士女友，她先生回來了（在北非工作，是探礦工程師），今日也來看我，我們相處十分投合，不說別人長短，只說有趣的事情，這些人都是好鄰居。我認識的人很多，來往的只有瑞士女友、她英國丈夫、西籍女友，也夠熱鬧了，每二日見一見面。都沒有是非，彼此的友情，是有建設性的，不是小心眼找人碴子的。荷西回來了，也去拜訪他們。我們相處，每日大笑特笑，不生氣，對健康心情有益。鄰居小孩也來，他們總是用英文問我：

「妳爹地怎麼不在？」

我說：「我先生吧，什麼爹地。」

他們問：「妳幾歲？」

我說：「我二十八歲。」

他們說：「唉！我們以為妳十五歲，所以以為那個大鬍子是妳爸爸！」我大樂。爸爸不常回家，我也過得好極了。

中國人是好，那是老一代的。西方人，開朗，尊重他人的私生活，沒有太多的利害關係，好相處。他們好佩服我呢！中文看不懂，但我每有報紙，都給他們看看。來了也不招待，一杯咖啡坐一個下午，沒有客套，白學英語！

汗衫好極了，荷西回來一定喜歡，粉絲我尚未打開來吃，等老爺回來同吃，我一大鍋雞湯可吃一星期。另外吃麵包，不太吃飯。

爹爹，姆媽，我的足踝已好，走路不痛，也可開車了，明日再服一針蜂皇精，人會胖，放心，一切都好，外公處請代問候。我一天平均寫三封信，荷西不寫信，我要代他寫全家人的信，美國大姑、小姐姐都是我在連絡，好在也不費事，不費心——郵費很貴，仍是值得。

另外我在翻譯一本漫畫書，每日譯三五小格，也不是工作。我的植物，欣欣向榮，長得好美。

不要擔心我，你們才要保重，希望早早見面，荷西說，賣了房子給我回家，我說：我們一同去。他捨不得錢，其實可以一同回娘家一個月荷西再回，我住久些。

爹爹，我身體好了，不必擔心，我會去全身檢查，不要愁，我去檢查。

不多寫了，我是順手寫來不費吹灰之力，爹爹姆媽眼睛吃不消。

妹妹上

一九七六年三月二十六日。

爹爹，姆媽：

今天是我的生日，我到昨天才知道，因為我去寄掛號信給皇冠五月份的稿子，才知已是三十三歲足了，對於年齡我並不在乎，因為人畢竟是要老的，如花開花落，都是自然的現象。回想三十三年來的歲月，有苦有樂，而今仍要走下去，倒已是有點意興闌珊了。我的半生，到現在，已十分滿足，金錢、愛情、名聲、家庭都堪稱幸福無缺，只缺健康的身體，但是，我也無遺憾，如果今後早死，於己於人都該貼紅掛綵，慶祝這樣的人生美滿結束，我的心裡毫無悲傷，只有快樂。自從去年大哥死去之後，我細想了一下，死的人去了，是安息了，是永恆了，生著的人，不應該悲痛，要有坦然的心胸去接受人生的現象，這也是我近來身體極不好之下，想到你們，而要勸告你們的話，人生的長短和價值，都是一樣，一旦進入死亡，那就是永遠的活下去，沒有什麼好悲痛的，請你們一定要明白這個道理。

荷西仍未回來，賣房、找事之外尚得向銀行借錢，都不可能十天半月弄好，他亦有信來。

外公身體好嗎？你們又如何？我有點發燒，開刀二次，瘡結了又生，開了又結，又生，子宮流血又來，下月十日刮子宮，肝病也在吃藥打針，我是私人醫生在看，我撐得住，千萬不要為我做無用的焦急。

鑽戒我沒有用，於我身分也不配，姆媽留著，回來住家中，因荷西不來（太貴了），等一切安置妥，我就回台灣，千萬放心我。

寶寶如何？小妹們好嗎？我回來買漂亮衣服給她們。不多寫了。祝

好

妹妹上

一九七六年八月十日。

爹爹，姆媽：

現在的生活安靜樸素極了，每天穿一件比基尼游泳裝隨處可去，衣服實在用不著，今日我打扮了一下，不過是一件牛仔褲衣，已算很好了，荷西平日亦是短褲赤膊，此地住家人人如此，非常省衣服錢。

我們又看到一幢房子，是一老先生死了，他太太想賣，也是一百五十萬台幣，我現在殺她價一百萬台幣，看她肯不肯（也許肯），這個島上我們都去找了，其他地方即使院大也無處可去（荒禿禿泥巴山），這兒有海灣，有極好的環境可以外出散步，所以我選來選去還是現在住的地方。這兒對老人、年輕人、小孩都有好處，空氣又好，現在這家如肯賣，我們馬上買下（一大廳、四人房、兩浴、一廚、有車房、院子），要等介紹人去丹麥問消息。我很喜歡這小房，對著大海，但不吵，因在遠坡上，沒有花樹，光禿禿的一片，請爹爹、姆媽等我們買下房子了來住，你們肯來，將來車也換大的。

今日去問失業保險，可領兩年，我們方領四個月（每月一萬六台幣），所以我們不急，有很好的事才去做，如不太好，所賺差不多失業金，將來失業了還沒有現在領的多，所以一定要小心找事。一萬六一月對我來說是必須十分省了，房租一百，荷西學英文五十，汽油六十元，大約是二百十元美金，只有一百九十美元可吃飯雜用，所以不能看電影、穿衣、吃牛排……但這兒生活環境非常好，我很滿足，吃穿都是次要，現在我就在院子裡寫字，對著大海，清風徐來，比花蓮亞士都飯店好一百倍。以前我用大約七百美金一月，常常上館子。

希望過幾年爹爹姆媽同來過過這裡的安靜日子，只怕你們會寂寞，你們來了，爹爹管花園，姆媽管廚房，這樣不會無事做。

妹妹上

一九七六年十月二十日。

爹爹，姆媽：

首先報告你們好消息，荷西有工作了，今日送他去機場，已去上工，如果一切沒有變化，那麼今日開始上工，在另外一個島上，做海底電纜的裝配，有五萬四千一個月，就是九百美金一月。這個島很荒涼，在我們Las Palmas島的上方，他去的地方更荒涼，所以我留下來，他獨自去，以後每星期回來（機票吃住自理），如果兩地開銷，再加上機票，可存無幾，但一個人總是要工作才好，不然心情上是不健康的，待遇不比沙漠好，但亦夠用了，足夠用了，這個工作到明年五月，所以我們放棄了保險金，因是替一很大的潛水公司做，這一做下去，以後可能又有路線進下一工程去做，我非常滿意。

家中尚未整理完，牆還是水泥的，但臥室已好，廚房已好，客廳不必急，我累得很，已無法再做，一切都亂丟著，牆不好無法再做，等荷西回來再漆吧！這幾日因搬家流汗，又同時吹風，所以感冒了，每日躺著看看書，有發燒，家中理不清，因荷西一動工，就是泥巴水泥灰塵，我亦不去做了，實在做不動了，他走了，我倒是習慣，因為以前他亦有半年不在家住。

爹爹，姆媽，買林伯伯的房子，如何說是向我借款，我尚欠爹爹好多錢，書錢放著做什麼，自是拿去用，本是要還，但不好說，所以說給爹爹、姆媽過生日去用，我們此地郵局罷工，所以信好慢才到。

我這幾日看報，有幾篇消息看了令我心中十分不安，爹爹姆媽是否要在外買些不動產，因為退休了後總要來看看我們，在外有些房子亦是很好，爹爹說我們這兒貴，我告訴爹爹，在德國、瑞典、瑞士、法國，比這兒更貴兩三倍，所以我們這兒有外國人成群的來度假，而且，你們來了，我們要一起去玩，不會長住在這小島。「飛碟」常常來這個島，也常常去撒哈拉沙漠，報上說的那一次是發生不久，常常來，而且剪報上那次出現後，連附近的羊都死了，駱駝、馬都死了，用刀劈開來看如何死的，發覺血都沒有了，被吸去，這是千真萬確的事情。以前迦納利群島是「大西洋洲」的一部分（連接非洲與南美洲），後來陸沉了大西洋洲，只留下幾個小頂點，成了迦納利群島。飛碟常常來，可惜我未看過，還有一個幾千公尺的大洞，有地道，都不是天然的，人傳說，史前時代飛碟來過，做基地，我亦去看過。

我們這兒住著，幾天不見人跡，現在已申請電話，但要等很久（半年以上）才會裝，好在我有車，可以出出進進，平日很累，這個家，如果要全掃，要四、五小時（花園尚未開工種花之類）。我是不掃，一星期才動一次，現荷西去外島，鄰近男孩子每天晚上來看我一次，我貼鄰住是一個老頭子，他不理我們，我們亦不理他（比利時人）。其他附近都是空房，要等天再冷了，北歐人才來住，危險是沒有，有偷東西，但治安十分不錯了，搶案完全沒有，住著很安全，越是文明的人，越不來往，我很喜歡如此，萬一有事，我還是有舊鄰會幫忙。

房子已全好，只差塗塗粉，荷西要裡外都粉刷，就是大工程了，總得再一兩個月才會好，他是什麼都做的，這一點像小弟陳令，不必我費心，今日去，衣物自己理理，就走了，他何時去買的機票我都不知亦不管他。
海內已不能去游泳，太冷，我很咳，不去了。
衣服我看荷西不在，都將偷送出去洗，明日送一大包去洗，根本不貴嘛！（洗衣坊，不是現代洗衣店）才二十台幣一公斤，送十公斤去也不過二百元，荷西不讓送，他要自己洗省錢。但我不能彎腰，我不洗，荷西周末回來休息亦不要再洗了，因房子尚要裡外全漆。
這房子如此一修，已可漲價二十萬，不貴不貴！
家中一切保重，我們都好，請你們自己保重，小妹妹尚要阿斯匹靈嗎？
我們的家是磨石子的，要鋪地毯。祝
好！

妹妹上

一九七七年二月十七日。

爹爹，姆媽：

旅行七日，見到世界奇觀美景，恨不能與父母兄弟同遊，每看一樣好的，吃一樣好的，無不想到父母家人。這真是人間憾事，「父母在，不遠遊」的道理，真正明白已是太晚了。

昨夜深夜三時回來，今早去郵局拿回包裹，內容豐富極了，令人不忍馬上就食，香腸已掛在車房，桂圓湯已煮食，臘肉切了一小塊中午炒蔥，今夜小年夜，將吃稀飯配肉鬆，我們十二分的高興，荷西已將「蜜果」（？）吃光，這一包裹省去我們半月菜錢，父母的愛，真是無法報答，我很想家，很想回來。小木馬是否小孩子送我的？謝謝！太好了。

我昨日在船上發高燒到三十九度，坐甲板艙，後撐不住，便加錢要了一房間，睡到Las Palmas，坐船很暈，吃藥無大用，旅行事以後再說，去七日，船費（四次）四千台幣，用三千（住帳篷，民家，買著蛋菜吃，不上館子），太累太累了。

荷西找事已找去全世界油井（Alaska、南美、非洲、挪威），但希望不大。如再無事，我們回來一年教教書，與父母同住，也是一樂。

房子事荷西不贊成，他怕我們此地住不久，買了房，又不能走了，我仍想買，仍看，如太好，仍買。

一九七七年四月三日。

爹爹，姆媽：

你們一定已經聽說了丹娜麗芙機場的大慘案，這件事說來也奇怪，德國有一青年人早已預言三月二十七日在那兒有飛機相撞，結果真的相撞，所以我相信這是「命運」不是「巧合」。每個人的歸宿都已有定數，是難逃的。

今日我一瑞士好友，早晨好好的去南部海邊游泳，約我同去，我因有油漆匠約好來漆房子，所以未同去，而好友還有Nicoles與他兒子Daniel還有一個瑞士人同去，我早晨尚見他們，與她說再見（才五十二歲，極健康）。下午六點多，Nicoles回來，告我Ida已死，游泳完了上岸走幾步，倒地不起，紅十字會馬上擔了在沙上跑，跑了二十分鐘才坐車，送院已死於心臟病（一向無病）。這消息令我大吃一驚，尖叫起來，一夜在外散步，無法安下心來，她去年來此地，買下房子，第一個認識的就是我，房子合同還是荷西替她弄的，現在房契未下來，人已死了，死後無親無友、無子女，無一個人可以報喪，我們已找領事館，下周送回瑞士下葬。她這次由瑞士才來一星期（來來去去，兩地住），數次來看我，說下周便回瑞士，而今是睡了回去，令人嘆息。

爹爹，姆媽，所以我們一定要有心理預備，人，是無常的，一定要預備好，有一天，我們也會分離，萬一有此一日來臨，不可悲傷，生離死別是人之常情，要有莊子妻死，而鼓盆唱歌的哲學來迎接這件事情，這一年在海邊，看見太多人死，我已能夠接受，只是一想到家人，便悲傷難禁，所以大家都要預備好，免得有一日來了受不了，一定要彼此記住。

我的腰痛已慢慢在好轉，但今生不可再坐軟沙發，只能坐地下，或硬椅子，總之仍在看醫生。

這一星期來，此地機場被放炸彈，房價一落千丈，迦納利群島要獨立已不是一日，現在變本加厲，我本想再買地，現已不買，因為情勢不太好，今日機場又一炸彈。

現在已又開始《瑪法達》最後十九、二十集，請告訴我十七、十八集收到了嗎？我早已寄出了，這幾日聽說你們要去旅行，我又有點擔心，希望常常來短信，只報平安便可，不必多寫，以免我掛念。

荷西去了一月，只收到過一次信（兩封），那兒的郵政太差，他另一朋友太太生產，打三封電報去，也無回音，實是奇怪。不過知道他是安好的。

我本來不想請公公婆婆來，但今日又想，如果不請他們來，萬一公公死了，荷西終生怪我，所以想請他們來，要寄路費去。另外乾爹徐訏五月要來西國，我在三千公里外，但他不明白，我一再的講，他仍要見我，我再講，他仍要見我，所以為了不翻臉，只有五月去西班牙陪他，真是苦。公婆來要五百美金，我為徐訏，又得五、六百美金，這月漆房子，又是三百美金，看醫照X光已用好多，下周車又要大修，何苦來，這世界。

請寄一千五百台幣給桂文亞，她要生產了，我要送她錢，她對我太好，不斷送東西，不斷來信，又常常送我禮，所以請寄一千五給她。

謝謝爹爹，姆媽！請扣帳內！

不多寫了，我的遊記已寄出半日，不知聯合報收到沒有？我常給王惕吾伯伯寫信，今日又接兩百美金津貼，已去謝（下周買一大娃娃寄去給他們家做裝飾）。

請多來信，短短幾字，告我家中各人如何便是，外公好嗎？毛毛有否收到我信？不必回，叫他用功。祝

平安健康

妹妹上

一九七九年八月，姆媽和爹爹終於與荷西見面了。

一九八六年三月六日。

爹爹，姆媽：

聽說姐姐病了，非常掛念。她這次是傷腦筋傷出來的，可見人腦不可多用。我去年的病，和一年出三本書以及寫那張唱片有很大的關係，也是用腦太多，拚命吃安眠藥才弄出。我現在有一種哲學，就是對於世上的一切都很淡然：「是你的，跑不掉，不是你的，求不來」。所以對一切都放開了。

這次搬家來，忙了三日，大概一天做十二小時以上的工，現在三天下來，家中也佈置好了樓下，至於樓上，反正只是去睡覺的，所以有床就好，不必費心。吃飯是每天晚上到外面去吃中國飯，大約二十塊美金是兩菜一湯。我們一天吃一頓。

這個家有兩個客廳，一個餐廳，一個電視間，一個大廚房，三間洗手間，四個睡房，樓下三個衣櫃，樓上四個衣櫃，一個地下室，一個車房頂的閣樓以及一個洗衣機房間，很舒服，有暖氣，也有火爐，可以生柴火燒。

當然，最美的是花園。

前院約有一英畝，全是平平的綠草，後院三分之一是玫瑰花園，另外一大半是野草和大樹。散步時，前院是散「文明步」，後院有若荒野地，也非常好玩，是「野外步」。不必出去，在家中走走就很有趣了。這真是一個夢中的家，室內佈置如畫，藝術氣氛濃，且有氣派，院子等於公園，照片中拍不出來前院的寬濶，下次我拍了寄來。

由新家上學要開「高速公路」大約是三十分鐘，沿途景色如畫，有牧草、森林、馬、湖泊，交通流量在上課時間不擠。這幢房子，以我在美國由加州看過來，大約看了八十家到一百家的房子，這幢最好。原屋主是一對奧國和英國夫婦，他們覺得上班太遠，院子工作太多，想搬去近西雅圖的地方，後來賣掉了，又很傷感。我覺得這種事情都是命運。

爹爹，姆媽，我的簽證是七月三日到期，我看錯了，如果你們六月來（六月十五日左右），可以享受一下此地的安靜，如不怕累，我們去三日波士頓，便回來。

下學期又要來了，我又加選一堂課，又選了更深的英文班，一星期有三天在校，會比較忙。不過同學之間相處特好，有兩個以色列來的猶太家庭，年齡和我差不多，水準非常高，太太們和我同班，都請我去家中吃飯，我不能請她們，因不是我的家。請寄兩本《送你一匹馬》來好嗎？因我的朋友想要留做紀念。

請姐姐保重身體，我的身體現在很好，胖到一百二十磅，大概是五十五公斤，一天吃一頓。姐姐不要教太多課了，身體也要緊。很想念天明、天白，好在六月回來就可以看見她們了。如果天明、天白來此，可以在院中跑來跑去，有松鼠，我剛剛出去餵牠們，有一隻來吃。下次再寫。

妹妹上

一九八六年四月二日。

爹爹，姆媽：

聽見爹爹又去跳傘和坐滑車，我覺得旅行真是有很大的益處，無論在生理上，在健康上，都是很好的。再過兩年，爹爹退休，可以與姆媽常常旅行，但不是跟團體，而是，例如說，來美國Washington州小居三五月，每星期上兩天課，買買菜，逛逛百貨公司，吃吃小飯館，住厭了，便回臺灣。房子可以租，一個月不過是三、四百元可有公寓。這兒，無論在氣候、人情、方便和親切有禮上，都是全世界少有的，過去我恨惡美國，都因為去的地方不對，這一回，包括在此的中國人，我都喜歡。

學校又開學了，我每天去學校，每天去，雖然一星期只有三天課，可是我每週去五次。學校是我極大的快樂，前半月因為放假，我悶得很，但是一開學，立即好了。如果在我十三歲時，有這位美國老師來教導我，相信我的一生將會改寫。我的老師是一位極有愛心的女人，我實在從心中感謝她。

在這裡，我學會了人生一個很大的功課，是我以前再也學不來的，就是「漠然」。對於一切佔我小便宜、諷刺我、不理我、任性對待我的種種精神虐待，我都漠然或說淡然處之。但是我一定要去學校，下雪也去，下冰雹也去，下傾盆大雨也去，在學校，一切是好的，太好了。

學校是一種釋放，在那兒，被別人當成一個「人」一樣的尊重，是太豐富了。

請姆媽寄《萬水千山走遍》三本來給我好嗎？如能又寄三本《送你一匹馬》來更好。因朋友一再索求。郵費很貴，由我帳內扣。爹爹在我處存款有利息，也未算過。書請航空寄來好嗎？我五月底回台。腦藥在服，請放心。很想念天明、天白。

妹妹上

每當生命給我們太美的事物，我便總感到心痛和寂寞，當然也感到喜悅，只是不常。

致清泉好朋友

丁松青神父

在許多許多時候，我們的靈魂是如此的相像，
不僅相像，我們還可以，或者說我還可以，感受你真正想說的是什麼，
對於生命，對於愛，對於心，
對於困難的、辛苦的、溫暖的、悲傷的，對於快樂。

一九八三年十二月二十七日。

親愛的Barry：[5]

上次與你碰完面，我就處於非常特別的狀態，雖然才一個半月，但就像你在信裏說的：「我們的生命發生了很多事情。」我一直非常的「低落」，我不接電話，就連待在我父母的房子裏都無法安撫我。Barry，你一定懂這種感覺，我無法見任何人，無法和朋友談天說笑。好幾次我想起你對我說：「三毛，問問自己要什麼。」我捫心自問，也問了我最親愛的天父，但是我到現在仍然沒有答案。

是這樣的，我的男朋友回來台北了，所以我必須面對我下意識想要逃避的談話了。Barry，我問自己，而我的回答時而答允，時而拒絕。即使如此，這個美麗的人卻仍在我身邊待著，他是如此渴望我成為他的妻子。

我忽然消失一定讓你擔心了，我想你，也常想著你會在哪裏？過得怎麼樣？甚至在聖誕節時，我還特別想起了法蘭西斯哥。種種思念和愛之所以沒化為一通打去光啟社的電話，是因為我不知道要怎麼向你解釋我的感覺。Barry，你知道我與你非常非常親近，但是講到我男朋友，我就沒話可以跟你分享了。為什麼呢？Barry，為什麼？請告訴我吧！我對自己，對天父，對我男朋友，對你都是誠實的。Barry，我不確定我還能不能成為某人的妻子，我已經不再是撒哈拉那個女孩了。

說說你在清泉的新生活吧！你對這個地方而言一定有某種原因，某種秘密，某種使命感，我們要等等，看天父和生活要告訴我們什麼。Barry，試著平靜下來，看看那裏會發生什麼事情吧！那裏的人一定需要你。也許你原本以為那個地方已經在你人生中結束了，但其實現階段還有更多課題需要學習。我最親愛的朋友，我也需要平靜下來（我已經夠「低」落了，應該說我需要平靜「起來」才是），我也得去聆聽，去等待人生的喜樂。但是，如果一個人很低落，我們又要怎麼看清什麼才是真正要學習的呢？（而非一味地隨心所欲。）在西班牙我們常說「在夜晚哭泣便看不到美麗繁星」，我已經好久沒有看星星，而你抬頭看了月亮，對吧？

Barry，我這星期會打電話給你，也許等我男朋友回加州後，我會到清泉去，你會歡迎我嗎？當我的好朋友吧，Barry，我在這個世上沒有什麼朋友。

至於那部電影，我只和鮑神父、你哥哥和導演一起看過一次，那時候還沒有定案（還沒配上音樂）。我會請Jerry帶錄影帶給我。電影裏我最喜歡桂神父，就是那位從蘇格蘭來到台灣的神父，不過我沒再見過他。

親愛的朋友，鼓勵我成為一個快樂的女人，成為天父的好女兒，成為一名好老師吧！

Barry，我見到你時，請別問我想要的是什麼。我不想改變自己的生活，台灣的生活是如此的美好。當我的神父，當我的朋友。

愛你的三毛

5. 三毛寫給小丁神父的信都是以英文溝通，本書收錄的六封信件皆是由盧嘉琦小姐翻譯而成。

一九八四年二月十二日。

親愛的Barry：

想起清泉我就心痛。你知道那不是折磨，但卻痛徹心扉。每當生命給我們太美的事物，我便總感到心痛和寂寞，當然也感到喜悅，只是不常。與達尼埃和歌妮旅行的這些日子很美好，但我發現，我的寂寞感卻比起獨處時更甚。每晚，清泉的人們來到我的夢中，那些人的面孔讓我心痛。那天晚上你和那兩個要到新竹工作的年輕男孩說話時，你的臉就像是位聖人，真的讓我好感動。Barry，到底有誰在乎台灣的那些原住民？我們又能為他們做些什麼？我想，你做的還不夠，而你又能為他們再多做什麼呢？你已經盡了力，遠超出你的能力所及，但他們的未來在哪裏？一想到這些那些，我就感到十分悲傷，這樣的悲傷也許只有天父才能在某天給我答案吧！只是那不是現在。

也許我想太多了，也許我的心太軟。Barry，我總是問自己真正想要什麼，卻得不到答案。我想擁有家庭、丈夫、自由、藝術、書、平和，也想將我所有的一切給人們，這一生有太多愛，太多活著的方式了。我離開清泉後，心就碎了一塊，我知道自己能為他們做的好少，但我真的愛過，至今也仍愛著他們。不只他們，這世上那麼多寂寞的人也都需要愛，但我在短暫的這一生裏卻做不了全部的事情。那晚在清泉，當我讀著你的《清泉故事》，那些故事是生動的。我一見到清泉，對你的書就有更深的感覺，之前沒有這種感覺，我覺得對你很抱歉。

我親愛的朋友，等我從加州回來，我會帶台錄影機到清泉去。將這種物質生活帶給那裏的年輕人，我覺得很不好意思，但這是我現在能承諾的，請轉告他們，我愛他們。

有時候我也會想起大丁神父的工作，我覺得他在做的事情也好難，也許難上許多，因為他每天要面對的人們都是有困難的人。他也極有耐性的在做這些工作，如果他不夠強壯，是會在三個月內瘋狂的。在過去的一年半裏，我在台北不知怎的也像Jerry一樣，對我來說那實在太難熬了。所以大丁也是位聖人，因為他在台北仍保持微笑。

請告訴李伯伯我非常喜歡他做的菜，我會寄風溼酒給他，人家說那對風溼很好。還有，我還記得他想要一頂黑色的帽子。

竹山的今天是美好的一天，明天我們就會到台南去，二月十九日我們會到台北，二月二十一日達尼埃和歌妮會去新加坡，之後再過一天，我就會在加州了，四月四日左右才會回來。

如果有時間（我在加州有快要一百個朋友），我很想找個週末拜訪你的母親，我去找她前會先打電話。

Barry，謝謝你的一切。清泉是如此美麗，清泉是真實的。

請為我禱告，請天父帶走我內心的迷茫與悲傷。

你知道嗎？你是個穿著「蹦裘」[6]的聖人。

再會！

你知道我怎麼穿「蹦裘」嗎？

歌妮、達尼埃

問候大家

三毛上

在南投竹山

一九八四年二月十八日。

Barry：

我的朋友，那晚在晚會上見到你，你正穿著你的斗篷，坐在那裏看著我們。我發現你的生命中少了點什麼，Barry，對不起，我發現了。

那晚，我的思緒回到十二年前那個美好的夏日，那是一九七二年。許多年過去了，許多事改變了，我們都知道人生就是如此，我們就是身於這樣的生命洪流。

上次在蘭嶼的一見之後，這會兒我竟和清泉的人們在跳著舞，我的回憶閃過一張張你的照片，你正坐在清泉天主堂的屋頂上彈著你的吉他，你在蘭嶼抱著一條狗，你微笑著靠著一棵樹，你與孩子們在清泉教堂大門前，你在種樹……那些照片在我眼中一遍又一遍閃爍著，在那同一時間，一九八四年二月八日的我，正在舞著。Barry，我認識的那個年輕神父到哪兒去了？我看到什麼東西消失了，這讓我感到悲傷，十分悲傷。Barry，這一次你讓我感覺你的身心仍低潮著，悲傷的感覺在你心內的一角躲藏著，就像那位失去小王子的飛行員一樣。我看著你，你便給我一股悲傷的感覺，就像每次我讀《小王子》的結局那樣。我親愛的朋友啊！我能

6. Poncho的音譯，中文指「斗篷」。

不能問問，你生命的活力去哪兒了？這次我看見一位神父的耐心、平和、愛與美麗，但是，我卻看不見生命的力量。Barry，Barry，如果不寫下我對你的真實感覺，我就不能再當你的朋友。

你讀過的聖經故事中，有一次雅各（在雅博渡口，你叫他什麼來著？）和一位天使摔角，天使讓雅各的膝蓋（大腿窩）拐了。Barry，請你和上帝摔角吧！試著再次年輕，再也別說：「看到他們，看著那些年輕人，僅僅是看著他們，我就覺得自己老了……」這不是你，這不是那個寫出如此動人的書，那個對自己人生懷抱夢想，那個如此熱愛生命的你。拜託你，再次做夢吧！這好重要，做個永遠不會褪色的夢吧！

也許我的感覺是錯的，畢竟我不如你的翻譯瞭解你。（還是我仍然瞭解某部分的你？些微的你？）我有時想，「要成為一個簡單的人並非一件簡單之事」。Barry，只有動物或孩子才能簡簡單單，他們是美麗的。你是詩人，是藝術家，是神父，是可愛之人，是天父的孩子，但是為什麼這次你會說：「我已經好幾個月都感到不適了（那時你談到你身體不舒服），但是現在我只能把它擺一邊……我不再在乎了……」？身體是聖靈的殿，如果你病了，又如何能擁有力量？

我不是天父。我想，在同一個地方待七年對你來說太久了。雖然清泉很美，但是以你的個性，你是需要挑戰的，而清泉對一顆詩人之心而言實在太過舒適。

Barry，寫這樣的信我很抱歉，這是你個人的人生，我無權做任何評斷。但是我有權告訴你我的感覺。這是你從美國回來，我第二次見到你之後的感覺。

關於那座小紅磚屋，小王子昨晚告訴我，等他回來探望飛行員的時候，他很樂意自己住在那裏，到時他可能會帶著他的玫瑰，他一生唯一擁有的那朵玫瑰。在那裏，那座紅磚屋的門有時可以打開來，因為狐狸也許會「準時」在下午四點去拜訪他。請將這座屋子留給小王子，而非給作家、學生、神父或修女，也別留給鼓或吉他……畢竟那些人有你的教堂可去。小王子幾乎是哭著對我說的，他說他沒辦法再回到撒哈拉了，但是他需要一個地方，在那裏，他的星星就在他的頭頂上，在那裏，他可以沒有鄉愁，好好休息。請將那裏命名為「安靜之家」，那裏有平和，有只有大自然才能賦予的寧靜，而且絕不會有寂寞。Barry，小王子是我們的朋友，留給他吧！等待他吧！你怎麼知道他不會從一顆叫做加州的星星再次回來呢？

啊……夢啊……

如果要在安靜或平安之家間選擇，就請取名為安靜吧！我們可以創造一些「旗語」……啊……我不會再對這座屋子多做著墨了。只是，如果這座屋子的屋頂很高，我會很想在裏面建一間閣樓。如果有很多狐狸來拜訪小王子，牠們可以睡在榻榻米上，小王子便自己睡在樓上。對某些人，像對丁神父，對三毛，或對小王子來說，獨處永遠是最重要的時刻。請再等等我，Barry，等我回到清泉，讓我看看那座屋子。我想請你將屋子的一個角落留給我，也許我可以在那裏擺些書。請將他人與我隔開吧！看在我比你早發現那座屋子的份上，就讓我的角落只屬於我吧！你看，我們要為一個角落打起架來了。拜託，拜託給我一個角落，只要一個角落就好……我想要一個角落，劃一個角落給我吧！請劃一個角落給我……

今天我從恆春回來了，能夠獨自一人待在我雙親的屋子裏我很歡喜，達尼埃和歌妮則待在我的公寓裏。我跟他們說，三年內我不想再見到他們了，我愛他們，但三年見一次對我來說就夠了。我雖熱愛人，但我也熱愛獨處。三個禮拜來總是和他們黏在一起，這種感覺實在太重了。

我好累，到了加州我要一直睡，至少睡上一個禮拜。Barry，謝謝你，你在清泉喚醒了我的靈魂。在離開前我有很多很多事情要做，像是要申報我的「所得稅」，我真恨填那些文件，但我得那麼做。

要保重身體。如果你覺得不舒服，何不來台北做個檢查？當然台北可能會讓你更不舒服就是了。

我要去睡了。

三毛上

請告訴我，為什麼愛人之間（他們聲稱他們愛彼此）愛了又愛，愛了又愛……但是卻要各算各的錢，而且每天都很仔細地算，即使是一塊錢也要還給對方？為什麼愛人之間嘴上總是掛著我的錢和你的錢？

當我看到這種事，我便看不起他們。為什麼人們要這麼在乎錢？如果不能同時顧到錢，愛就什麼也不是。Barry，這次和達尼埃、歌妮的台灣之旅我負擔所有支出，他們說他們愛我，但是每當他們有什麼特別的事，卻又離我遠遠的。Barry，我並不難過，一點也不。我只是覺得金錢是如此奇妙，因為沒有了「財神爺」，他們就生不出愛。難道愛就像物質事物一樣，「做」得出來嗎？「做」這個字可以用在很多東西上，然而你「做」得出愛嗎？愛是從我們心底自然來的。

不說了，對不起，我下次不再寫這麼長的信了，其實我也快累死了。

告訴清泉的人，我愛他們。希望李伯伯身體好一點了，我很愛他。我最愛的是他。

又是愛你的三毛上

一九八四年二月二十一日。

我會在四月初回去，別再寫信給我。

特別幫我問候Vasui，我在清泉會見到他嗎？還是他很快要去當兵了？

親愛的Barry：

我一直試著打電話給你，今天是第十次了。李伯伯說你下星期才會從嘉義回來。Barry，到美國的第一個星期我捎了張明信片給你，之後的每一天我便一點一點的在洛杉磯死去。你是知道這個社會的，你知道這塊土地，在這裏我們的物質生活雖然很舒服，但是靈魂卻是逐漸凋零的。在這裏，我努力想要快樂，但是我的靈魂卻彷彿缺了角，我的美麗在這塊土地上無法證明，生活是如此平庸，這種平庸跟我所追求的「平凡」是完全不同的。

這比生病還糟，美國簡直是要了我的命。加州這裏的人很好，陽光總是絢爛，街道是乾淨的，只是不知怎的我不屬於這裏。

每當我看著鏡子裏的自己，我只看見一個有著極度悲傷雙眼的女人。我知道是哪裏不對——因為我無法融入這個社會，即使它很美好，我仍不屬於它。

我在美國感到最溫暖、最歡喜的時光，便是與你的母親、你的鱷梨樹、果樹和老鋼琴相處的那兩天週末。Barry，我好愛你的母親。我知道我和她說了太多話，一定讓她非常疲累，但是我知道母親其實也是歡喜的。和她聊天就像是回家，給我一種家的感覺，我愛她有某部分原因是因為她和我好相像。Barry，你母親能懂得我的心，她用一種愛和理解溫暖了我。她是個身心都好美的女人，我多想和她一起窩在沙發裏，花上好幾個小時對著那扇美麗的窗。我買了個中國鍋給她，但我想她不太會為自己下廚。

我親愛的朋友，你之前為何從未告訴我，你在聖地牙哥有這樣一個美麗、溫暖又舒適的家呢？我好想你，很想很想，尤其是待在你曾經住過的房間裏時。跟母親的一切都是那麼的自然，她就好像是個我認識多年的熟人似的，我和她談話感到無比的輕鬆，一點也不會不舒服。有好多事情想跟你說，Barry，謝謝你將你的母親讓給我，她就像我在美國的母親一樣，我好愛她。

關於法蘭西斯哥，我到的隔天便和他碰面（我是在星期六抵達聖地牙哥的），他星期日來接我去望彌撒，你的母親也一起來了。Barry，法蘭西斯哥是個溫暖的人，非常溫暖。因為你，我見到他的第一眼就愛他。但是他在教堂似乎好忙碌，他在那裏有好多好友，我幾乎沒法找時間和他交談。彌撒過後我們三人回家與母親共進午餐，我們才終於能聊了一會兒，只是他實在很忙，那天下午我就找不到他了，他去辦點急事後才會回母親家，之後我就得去機場了。Barry，我很想見見Glen和他家人，我十分喜歡Glen和他的妻子。有好多事情要告訴你，但不是用寫信的，等我回到清泉，你能不能給我幾個小時與你聊聊呢？

今天我又打了電話給母親，向她問你的電話號碼，號碼對了，最後接起電話的是李伯伯。

能和他說話讓我很歡喜，他問我什麼時候才回台灣，我告訴他就快了，我還會買維他命給他。

Barry，雖然我還沒看過清泉那座紅色夢屋裏面的樣子，但我卻是時時刻刻想著它的。你那棟新房子，我迫不及待的想看看了，如果可以進去參觀我會非常高興的。你覺得……啊……我為什麼開始談起我還沒見過的事物呢？這次我回去，我想至少我可以帶些毯子，盤子，再帶個中國鍋去你的新家給你，再帶些書……我一想到這些那些，就覺得好歡喜。啊……我真是愛做夢。

至於我的朋友Mike，他是一個美好的人，他本想和我一起到聖地牙哥來，但我終究還是認為自己要獨自前往。Barry，我有好多事情要跟你說，我能再回清泉嗎？昨天收到你的信的，Barry，我在這裏好寂寞，是一種孤單的感覺。能回台灣我會非常高興的。

你做的石膏塑雕在我這裏。等我回台灣，我會帶著它，你能想像我在飛機上要整路捧著它嗎？

親愛的朋友，我在教堂還碰到好多你的朋友，我到清泉見了你之後再告訴你。Barry，祝你快樂，你知道好多人都深愛著你。

親愛的弟弟，我想念你。

三毛

一九八四年五月二十日。

親愛的Barry：

我寫了篇關於我如何遇見清泉夢屋的文章，下一個星期就會刊在最大報《聯合報》上。請你哥哥寄一份給你吧！到時也許我已經離開了。

台北一天到晚下雨，我猜清泉也一樣，就像老天爺在流眼淚。Barry，要離開好難，我已經一個多月不能好好睡覺了。今天我到皇冠去見平先生時收到了你的信，我在我車上讀你給我寫的信，還有我親愛的女孩男孩的來信。Barry，是的，是痛苦的，但是你給我的痛苦卻又如此甘甜。我知道你會永遠成為我生命的一部分，因為沒有任何事情可以摧毀家人之間的愛。就算是現在，我仍掛念你。讀完你的信之後，我和平先生與張柱國先生共進晚餐。他們說我的雙眼閃閃發亮著，耀眼又獨特，他們從沒見過這麼美麗的我。他們不知道那是因為你的信讓我的心滿溢著愛與平和，讓我的靈魂充實著豐厚的喜悅。是的，Barry，愛是股十分強大的「意念」，能同時讓人改變、歡喜、傷悲、發光。

我親愛的弟弟，你知道每一個人都要懷抱夢想。如果沒有夢想，他們只是為活而活罷了，但我不是，我熱愛這種愛、夢想、體諒、平和，我一生都會在心中保有著夢想，它能鼓勵我，安撫我。雖然在接下來的日子裏我不會時常與你相見，但分離又算什麼？什麼都不是。

你那晚離開後，我在空盪盪的台北街頭開著車到處走，直到天都亮了，我才回家，坐下，開始寫作，在五個小時裏我寫下了七千個字。我卻並沒有寫下我的感覺，我只知道我得到那座夢屋了。文末，我寫下了你的電話，要青年朋友們去住我的房子，而你會幫助他們。那篇文章是關於一座屋子，一個夢。我沒有提及任何關於你的事，只有謝謝耶穌會長讓Barry幫助那些也許會到清泉三毛的家住宿的青年朋友。

能和人分享我們所擁有的，是如此美好。沒有辦法擁有我的屋子當然令我難過，但我的靈魂之愛不會是自私的。我給予人們我的屋子，我的心，我的夢，我的記憶，我的生命，日復一日，只增不減，這讓我感到非常非常歡喜和富足。我想，沒幾個人能懂得我有多快樂，但你一定懂。

在我們給了清泉的那筆錢之後，「隔天」，另一個奇蹟發生了。我去年的所得稅預扣得太多了，所以國稅局退給我五萬七千台幣。那之後，我給了另一個需要錢的人一萬塊，而今天平先生竟然付了我一萬塊。Barry，我一直在跟上天玩這個遊戲，這遊戲太好玩了！Barry，上天也是很頑皮的，祂就像個孩子一樣，祂還是我的摯友，我的天父。和祂玩這個遊戲給我好多樂趣，我相信祂也樂在其中。

天主給我的另一個禮物就是清泉，Barry，你可能不知道我開始愛起那裏的青年朋友了，我深愛他們，清泉現在像是我的家鄉，我的人民。Barry，謝謝你給我一個家，一個我一直在找尋的家。

昨晚我讀了一篇文章是在講愛的，有句話說：「愛我少一點，但愛我久一點。」我對清泉的愛，野心不是大的，但會是長久的，等到我們都逝去的那天，我還是能聽見那首歌唱著：「好久以前有個女孩愛過我們的清泉，我們相信她在遠方仍愛著清泉……」

至於那張照片，我也喜歡那張照片，但是我四處翻箱倒櫃想找出底片在哪裏，卻遍尋不著。我會去我母親的屋子找找，也許會在那裏。Barry，你知道的，我將記憶丟在許多地方，想不起來那些底片究竟被我藏到哪裏去了。也許某一天它會自己跑出來，但那又會是何時呢？

今天我將自己的頭髮弄成這樣，雖然看起來就像個瘋婆子，但很特別又充滿藝術氣息。我這個人不知怎的就喜歡裏裏外外改變一下，看上去就像頭獅子。希望當我要離開前往美國時，能有勇氣接受那樣的分離，像獅子一樣昂首闊步。

Barry，你知道你已經改變我的靈魂，帶領它到另一個層次，你帶著我認識生命中的許多美好，雖然你沒說什麼，但透過你的靈魂，我能感受到你傳來的訊息。我好愛你，而這樣的愛是如此的正面！

到美國剛開始生活時我可能不會寫信給你，不論你怎麼說。但你要相信我，我不會再欺騙自己了，我知道我會用最真摯的心處理這件事。過兩天我就要走了，親愛的弟弟，我晚點再給你寫信。

愛你的三毛

一九八四年八月五日。

洛杉磯

親愛的Barry：

我知道我沒寫信給你你肯定擔心死了，我沒辦法寫信，沒辦法說出我對自己真正的感受。

在美國的這兩個月，我的身體和靈魂都受到深深的傷害，我好痛苦，有時候我甚至完全不在乎自己究竟是死是活。

手術還算順利，我的醫生人很好也很和氣，但是美國的生活讓我神經崩潰！Barry，我和以前不同了，我不在乎了，放棄了。

也許幾個月後我會再想想所有的事情，也許我會回台灣。但是我現在覺得，台灣對我來說已經結束了，西班牙也是。但我絕對不住在美國，我對這個國家的愛太少了。我無處可去，無處開始一段新的人生，我只是在自我放逐而已——

Barry，我沒打電話給你母親。我在這裏沒做什麼，面對這種痛苦的生活好難，就算我想面對這樣的生活，也沒什麼可以面對的。寫這樣的信給你我很抱歉，希望能在秋天見到你。

Barry，我沒地方去，也不覺得台灣是對的歸宿。在台灣，有什麼在等我呢？

幫我向我在清泉所愛之人問好。等我覺得好點再寫信給你，你要保重。如果你寫信給你母親，請告訴她我愛她，我只是現在不想見任何人。寫這種信真對不起。向Jerry問好。

愛你的三毛

能和人分享我們所擁有的，是如此美好。沒有辦法擁有我的屋子當然令我難過，但我的靈魂之愛不會是自私的。

一九八五年四月二十五日。

親愛的Barry：

我為了你的書正在努力，今天讀完第四十七頁了。你的「筆觸」風格我可以很輕鬆地抓到。總之皇冠的譯者翻得還可以，只是她抓不到你內心的感覺，而這就是我的工作了。

還有我現在可是每天為我父母下廚，我很樂意這麼做，這讓她（母親）快樂，我至少要花五個小時以上和母親相處，我想我父親和她都喜歡和我待在一起。所以我每天晚上快十點才回到自己家，之後才開始拆讀者們的信，回電話，安排一些會面，打掃房子，之後我會去你的「營地」（勞工營）採些草莓……

這本書的照片一定會很棒！這些照片幾乎可以另外出一本書了，如果你的讀者眼睛夠雪亮，這些照片根本不需要文字，它們就是「生活」（我指的是照片）。Barry相信我，我們合作的第三本書一定極好，只要給我點時間就好。對了，我等了又等，卻還是沒收到我三本新書半毛稿費，所以此刻台東天主教醫院的錢是沒辦法了。我已經跟你講過了，但是我還沒實現我的承諾。我朋友Y-su他家還好嗎？他父親過世了，中午打電話給我吧！打7××-4×××可以找到我。

你什麼時候去馬尼拉？我忘記日期了。向李伯伯問個好，他病了。

愛你的

三毛

一九八五年四月二十七日。

留著這封信，我得複印一份，但我還沒時間。

親愛的Barry：

我最親愛的弟弟，今晚我獨自從沙灘回來後終於讀完你的英文書了，就是我正在翻的那本。Barry，你開始寫到你父親逝世，那種尖銳卻又深沉的體會，觸動我的靈魂。Barry，你書裏的「第二部分」讓我哭了出來，那不是痛苦，而是一種遺憾，一種安靜的時刻。在你的字裏我看見自己，是你，也是我，是許多許多人。關於最後一部分的「方濟神父」，他也給了我他所能給的最好、最好的感受。我親愛的弟弟，我終於知道為什麼我會覺得與你如此親近了，因為我們是雙胞胎，在許多許多時候，我們的靈魂是如此的相像，不僅相像，我們還可以，或者說我還可以，感受你真正想說的是什麼，對於生命，對於愛，對於心，對於困難的、辛苦的、溫暖的、悲傷的，對於快樂。在這一切一切之下，沒什麼人和我倆相像的了，我們能捕捉「美麗」真正的意義。我無法入睡，在讀完這樣美麗的一本書之後，我感到非常寂寞。你一定懂的，某些快樂和悲傷是可以和別人分享的，但最深處的快樂或悲傷卻幾乎只能獨自感受。Barry，也許我和Jerry與你母親真的投入了這本書裏，我們如此相像，成為了某種超越魔法的力量。

親愛的Barry，寫完這本書，你就可以死了，了無遺憾了，我會很高興你就這樣死去的。而讀完這本書的我，也可以死了，因為所有生命的意義，都在你的書裏完整了。你完成的是一本鉅作！你誠實地面對生命，正如天父要求人類的那樣。

Barry，你是知道的，你知道我對你的愛不是男女之愛，那太狹隘了，天父也知道不是那樣的。只是這樣的愛太深而沒人能瞭解，因為人們愛的程度不比如此。多傻啊！他們只在乎性別的不同，他們從不真正在乎靈魂，靈魂有時根本是無性的，而是一種愛，就像我自己的一部分。沒錯，就像你在最後幾頁寫的，關於自由，只有放手讓友誼離開，才能真正保有這份友情。那麼我要走了……

我得說，我從未試圖強留住什麼，但是我會永遠留著你的話語。不論未來會發生什麼事情，我對你的愛從此不會流逝。

Barry，這是你的鉅作，要小心的留筆。在這本書之後，很難再寫出更好的了。第一部分比較像《蘭嶼之歌》和《清泉故事》，但是第二部分提到的旅程便是你內心的旅程。Barry，我對任何人都會感到寂寞，但不會是對你。我敢在凌晨三點打電話給你，吵醒你，就要告訴你，Barry，你的書讓我在你寫的那些故事裏看到自己，讓我記起成長的美麗與哀愁。

我生命也有著閃耀如純金的時刻，深深的藏在我心深處，而今晚你再次的喚醒了它們。

那些時刻就像今晚我讀完你的書一樣，是值得的。那是你我最深層的那部分，即使那些時刻只會成為回憶，它們仍在我心裏，它們成為我的生命。

這是封既歡喜又寂寞的信。

晚安，Barry。

PS.你知道嗎？今天下午我自己一個人在沙灘上走了五個小時！好美啊！

愛你的　三毛

一九八六年四月二十八日。

親愛的Barry：

看完《遠離非洲》後，我無時無刻不想著你，我打了電話，但你不在家，和你母親聊了聊，卻忘記告訴她要叮囑你看《遠離非洲》。

後來我又再看了一次電影，便開始閱讀《遠離非洲》作者伊薩克．狄尼森（Isak Dinesen）寫的《草坪上的影子》。我也看了《紫色姐妹花》，大家都說好看，但我卻不覺得，我還是比較喜歡《遠離非洲》。我也看了《豐富之旅》和《蜘蛛女之吻》，你看看，我沉溺在電影裏了。

多巧啊，我現在正在讀毛姆（W. Somerset Maugham）的原文書，我這一生反覆地讀毛姆，但是這次我閱讀的是他的英文原文。他的短文〈雨〉、〈紅毛〉、〈信〉都很好找，但我找不到他一篇名為〈池塘〉短文的英文原文，我最愛的是這篇。

我也正在讀羅蘭．英格斯．懷德（Laura Ingalls Wilder）寫的七本童書，像是《大森林裏的小木屋》、《在梅溪邊》、《在銀湖岸》、《農莊男孩》、《好長的冬天》等，我從那些書中找到好多樂趣。昨晚我還讀了馬克吐溫的短篇故事，還有英文課給我們的短篇故事，我在這裏讀了好多書。

這一季我還參加了另一堂叫做「泡畫廊」的課，我們每個星期必須參觀四間西雅圖的畫廊，還要交繪畫心得給我們的美術老師。但是我最享受的還是我的英文課，我們班的學生來自世界各地，我發現他們比美國學生更加友善。我們的老師說西班牙文，熱愛電影和書籍，我非常喜歡她。

Barry，在這裏過了這麼些美國生活之後，我有好多經歷想與你分享，尤其是《遠離非洲》，我有好多想法想和你說。我第一次覺得你放棄飛行實在太好了，搭船、搭飛機、搭巴士都會讓我頭暈目眩，那些對我來說一點都不好玩，只會讓我頭暈想吐。

說起在這裏的「家庭」生活，如果我現在住的地方算得上是個「家」的話，那麼沒錯，我非常不開心。天啊，如果不是學校還能讓我提起點興致，我就……Barry，我會在五月二十二日離開回台灣，到時我的課就結束了，我會在台北待一個月，接著六月我會在西班牙待上整個夏天。在那之前也許我還可以去看看清泉的籃球場，你做得太棒了！我想你會在牆上塗滿你之前和我說過的畫。

很謝謝你邀請我到聖地牙哥拜訪你（母親），只是這快十五天以來我得了非常嚴重的感冒，現在咳起來還像把機關槍一樣，醫生說我得了支氣管炎，我的身體因此受了很多折磨，現在非常虛弱。我想我沒辦法去聖地牙哥了，但是如果明年你母親可以到台灣旅行，我會將我的公寓借給她。我希望明年你可以回美國陪她，而不是讓她跑到台灣找你。聽說你母親病得很重之後，我才發現我有多愛、多尊敬她，還有現在我好以她為榮，她是名十分特別的女性，先不論她是你的母親，我見到她的第一眼就發現她美好的許多面。Barry，能有你這樣一位「作家」朋友我總是感到驕傲，你已經做了許多極好的事情，現在再加上你母親的花園，還有清泉籃球場的那面牆，接下來你可有得忙了。我想，你這三個月能和你母親待在一起，是天父給你的禮物，我看得出你在她身邊有多快樂。Barry，我知道這次你和你母親在一起很高興，她是個仁慈、勇敢、體貼的人。我兩年前只和她相處了三天，她就在我心中留下難忘的記憶。請告訴她我愛她，告訴她我很快就回台灣，我不會再待在這裏了。

總之華盛頓是有著美景與善良人們的一州，我第一次打從心裏喜歡美國，有一天我會回來再進修我的英文。Barry，你知道我非常熱愛語言，英文又是這麼美麗的語言。

還記得TAGUON的兄弟嗎？他名叫黃軍，現在在蘭嶼當兵，他寫信到我台北的家，我父親將他的信寄給我。他信裏寫了很多你的近況：「丁神父的母親病得很重；丁神父回去了；丁神父的母親好多了；丁神父蓋了座籃球場……」Barry，黃軍非常愛你。我等不及要看你的新籃球場了，夏夜裏坐在場上，聽著河水潺潺，會有多棒啊！

Barry，請代我問候你母親，我這次不會去拜訪她，但我確信我還會回美國讀書。到時候你母親的身體就好多了，我也才能在夜裏與她多聊一會兒，我很喜歡與她相處。

我之所以沒有打電話給你，是因為雖然我已經付了足夠的月費，但是房東還是不喜歡我打長途電話。Barry，這次要離開你母親時要堅強一點，我知道這很難，但是你們彼此都能撐過去的，不是嗎？你們都是很勇敢的人。我到台北會打電話給你，我愛你的母親，再告訴她一次！我們很快再見！

愛你的三毛

一九八六年八月七日。

親愛的Barry：

回到迦納利群島有如走進一場消逝中的夢。剛到的那幾天，我回想起我生命中真正發生過的那些事情，很痛苦，但是現在一切都過去了。我在這裏還是有很多朋友，我雖然和他們碰面，但是沒有什麼可說的。我知道一切都已結束，隨著死去的人，甚至連同還活著的人都一起結束了。我用非常便宜的價格將房子賣了，也許是太便宜才讓我沒辦法輕易的了結一切。我再不屬於這個島嶼了。

你知道將這間房子裏所有的東西送給朋友們我有多歡喜嗎？這好像某種死亡儀式，告訴我自己這世界上再沒有什麼事情、什麼地方讓我牽掛。我這裏的兩千本書全送人了，無牽無掛的。我雖然覺得痛，但是這樣的痛卻又與我心裏深處的喜悅抵抗著，我問自己：「這是妳的人生，妳的人生是什麼？妳的確深愛著這個地方和這裏的人們，但是沒有他們妳還是可以活下去的！」在寫這封信給你的當下，我想起你說過你不想回聖地牙哥的那間教堂，不想回去找法蘭西斯哥。

Barry，在人生的旅程上，我們都是孤單的。我們可能會因為某些人，好幾次的中斷旅程，但是當生命走到盡頭時，我們都是孤單，我們都是一個人，我們都是孑然一身的。

我大概九月十五左右回去，我本來一開始計畫要到Suiry Island去拜訪我的幾個朋友，但是現在我改變主意了，我想要回台灣開始新的生活。忽然間我覺得有些朋友能給我的好少，而我能給他們的也同樣不多。一九八六年對我而言是煎熬的一年，快將我的心給掏空了。Barry，我發生了什麼事？我只覺得我再不想從這個世界上得到什麼。這個暑假，我又死了一次。

我坐在我最喜歡的椅子上，對著浩瀚的大西洋，在寂靜的夜裏看星星，我想起了你，在那好遠好遠的清泉，你正在做什麼？又在想什麼呢？

對了！我還在想《遠離非洲》那部電影，我這裏的房子有點像電影裏的那棟房子呢！

代我向你母親和Jerry問好。

愛你的三毛

回到迦納利群島有如走進一場消逝中的夢。我用非常便宜的價格將房子賣了，也許是太便宜才讓我沒辦法輕易的了結一切。我再不屬於這個島嶼了。

我們之間的相處，充滿了感情和真誠。
雖然我們不通信，可是在想念上是沒有
可能淡去的。

致親如家人的朋友

張南施

我覺得，我們之間的相處，充滿了感情和真誠，南施，我有好多的話想講給妳聽，可是現在不慣寫長信，又想，妳有餐館，有咪咪，有小強，有父母，忙也忙夠了，看我的心事實在不必。

一九八六年九月二十五日。

親愛的張伯伯，伯母，南施，小強：

回到台灣來已經快十二天了，這一次回來，特別想念你們全家，南燕想必已赴學校，我會另有信給她寄去Barcelona。

回到台灣，記者問我的事情裏就有一個問題是：「書怎麼了？」我說：「送給一個極愛看書的中國女孩，將來在迦納利群島的中國人可以向她去借，也算我留下的愛和情感，給我的同胞。」皇冠雜誌就說：「那不就是三毛圖書館了嗎？」我笑說是：「NANCY書館。」也因為如此，將來我替南施補書，我後幾年寫的書會航空寄給她，將全套的補全。這幾日看《傳記文學》想到小強愛史，我是愛野史，我想去訂一年的《傳記文學》給小強。

回來之後大概有五百封信在等著，爸爸怕我看了得神經病（他都拆好，整理好，用大夾子夾好信，成為一本一本的給我），結果我昨夜看到天亮，果然一切的壓力都回來了，負擔很重。雜誌社立即要稿，我很急，因為人累，一時也寫不出來。

這一回去Las Palmas受到您們全家如此的關愛和幫助，內心非常感激又難過，您們預先借錢給我去換美金，又幫忙託人帶書（已經收到了），這一切的友情，是終生不能報答的。

目前我已在看車，台灣的車又貴又不好看，南施那種此地沒有賣，Slat有，可是很貴，我想買一輛國產小車。如果明年Nancy來，我會很高興，如小強來，那更高興，那時我也有車了，我們可以出去玩。

張伯伯，那一大包「魚翅」我們也捨不得吃，也捨不得送人，媽媽收起來了，這麼貴重的禮物我們不知如何處置。特地在此再謝一次。台灣又有一個颱風來過，可是災害不大。

很想念，請等我的幾本新書，不日以航空寄上。

請特別問候「南京」的吳武官叔叔，還有曉秋和小紅。

謝謝！Nancy不必回信，除非有時間。

三毛敬上

一九八六年十一月八日。

親愛的張伯伯，媽媽，南施，小強：

收到南施的來信以及小強精工畫出來的圖畫，我們全家都非常高興。小強的一筆字和圖，我爸爸稱讚了好多好多遍，說是一個極有才華的青年。照片是我們的紀念，我會好好保存。南燕那邊我暫時不去信，如果她打電話回家，請千萬告訴她，我很想念她。南燕精靈，她在台北時買的衣服，那種價格我根本找不到，是個聰明極了的孩子。在台北，我一回台，就在機場被記者碰到，給我上了一個頭條新聞，真叫人氣死了。從那個時候起，大概有幾十個學校叫我去演講，再怎麼推，都因為其中有人情的關係，一共接了二十六場（在十一月和十二月之內），然後又被人逼稿，每月三萬字左右。我開始還可以撐，到了昨天，心中那種想哭想自殺的念頭又來了，媽媽爸爸看我情緒很壞，立即叫我去服去年精神崩潰時吃的「抗憂鬱」的藥，我不知如此日日夜夜忙下去，是不是又會發神經病，昨天深夜在寫稿之前，一個人偷偷的哭了又哭，稿子就沒能寫得好。稿子都是白天忙，晚上熬夜寫，當然沒法有好成績，我好勝心強，寫不好又是不痛快，這麼再逼下去，大概不到兩個月就要完了。車子也沒有買，因為沒有時間出去玩，我除了演講之外，就是在自己家中寫作，什麼地方都沒有時間去。預計明年六月以前要寫兩本書（二十萬字）。想到如果南施來，而我在忙，我會急死，因為不能陪南施而我心裏實在想跟她一同去玩玩。南施，妳如果明年九月來呢？那時我也不忙了（出書後可以停筆一陣），我大概也買車了，我們可以放心去中南部走走，也算兩個人都休假。而且那時夏裝已在減價。南施，我當妳和南燕一如自己妹妹一般，如妳來了台灣，我一定想陪妳的。《傳記文學》我尚未去訂，可是我想出一個方法，就是，每次我把看過的，就用航空寄上給小強，那樣就又快又好。這前幾期講到「西安事變」的實情，非常好看，在我弟弟處，我叫他送來。

南施，如果妳回台來，看見台北出了那麼多本好書，一定急死了，我想我們可以買了用海運的運去，或請船公司帶。我留給妳的書不算好。三毛後期作品在妳處都沒有，我也沒有，要向出版社去批來，我想還是給妳補全一套比較好。等有了，我會航空寄上。我的家，如果妳來了，一定要來住，因為太好玩了，可惜我自己都沒去住，住在父母家，寫作時才過去。

蕙蕙功課極忙，在我們回台後，兩人只見過一次面，她是住校的，更加見不到，我會把照片給她。謝謝！

想到在島上的悠閒日子，心裏十分懷念，在這兒，人擠人，我根本不上街，台北的冬衣，一套也要百元美金以上，打折時就好了。

張伯伯，張媽媽，你們用這麼多的愛心來對待我，幫助我，是我一生一世不能忘記的，希望在兩三年內，我能再回西班牙去。帶回來的魚翅太名貴了，媽媽也不煮，都收起來了。髮菜有吃，很好吃。

父母年紀大了，他們捨不得我再離家，我想，我跟他們分別了二十年，是一個很長的時間，現在也當回來孝順他們。可是我的回台，並沒有做到孝順的事，光是每天的電話鈴響，就把媽媽忙死（她會推掉別人的邀請，我自己不會）。爸爸是我拆信的秘書，讀者來信都是爸爸處理，有時代回。天下父母心，都是一樣的。我們小孩子講孝順，不過是陪在父母身邊，並沒有真的代做什麼事情。

南施，請妳一定要代我去謝吳武官伯伯，謝他的那頓飯和盛情。曉秋也要問候她。小紅也是。

我能寫封回信給你們，也是一種休息，心中是很快樂的。

希望在一九八九年，我回西班牙來，因為那一年我要去瑞士做「教母」，是我瑞士朋友要生小孩，叫我去做乾媽。

不多寫了，請不要回信，如果有空，請代我打一個電話。6×4××給Juan和Migdalia（買我房子的人），說我一個燈（紙燈）已替他們買好了，就是沒有時間包裝和去郵局。再替我問候他們。謝謝！

南施，台灣選舉「我最愛的作家」我是第一名，妳聽了是不是替我高興？再見了，快快再見。如果你們來信，我也會好高興，只是知道你們也太忙了。祝

好

三毛敬上

一九八七年三月十六日。

親愛的南施，小強：

為了一條在Canarias附近消失了的船，最近會有一位小姐由台灣飛到Las Palmas來。這件事情因為我在Las Palmas住過，所以船員家屬拚命來找我。這個要來的小姐因為父母都在船上，所以她堅持要去一趟Las Palmas。我跟她講，去了也沒有用，可是她不死心。在出於一種同胞愛的心理下，雖然我不認識她（她打電話給我），可是想到她單身一人，為了尋找父母，萬里由台飛去那麼遠，人生地不熟，只有在沒得你們同意之下給了你們飯店的地址。這是出於不得已，因為對方一直求我，並且保證我不會太打擾到你們全家。

寫這封信的原因是想跟你們全家說，這位小姐我沒見過，不知她的為人，只是電話中講過好幾次話。請不要因為我的關係，而特別招待她，因我也有一點快被她煩死了的感覺，只因她父母都在船上，即使被她煩，我也只有同情她，可是她也相當不怕麻煩人。我父母叫我特別寫信來，說，如果那位小姐赴Las Palmas，張伯伯你們全家，最多替她預訂一個旅館，如她要求太多，張伯伯及張媽媽當知道如何應付，不必對她太招待，更不能迎到家中去住。再說一次，我不知她為人，也不知她姓什麼，反正她每天三更半夜就會來電話。好在她此去只在西班牙留兩星期，這其中有五天大約在Madrid。

本來死也不肯給電話，可是想到她的心情，便不忍心。這一點，請千萬原諒。但南施、小強不可心軟，因你們也太忙、太累了，能幫忙的事也有限。上次寄去幾本書，不知收到沒有。我在台北忙得想大哭。太忙了。很想念。請問候曉秋，吳叔叔，薛叔叔及爸爸，媽媽。

三毛上

一九九〇年六月二十五日。

親愛的南施：

雖然我們不通信，可是在想念上是沒有可能淡去的。南燕來時，我並不住在父母家中，也不是每週回家，平日也不向父母打電話，只到有一日回家了，母親說起，我才叫了一聲，「糟了」。錯過了。

先恭喜妳做了母親，我想小強和妳都會喜歡女孩子，我自己也是喜歡女孩子。照片中的咪咪，才那麼小，妳已經在為她打扮（上有隻蝴蝶，可怕！）想來做母親的滋味不凡。南施，時光匆匆，每想起Las Palmas的時候，妳們兩姐妹和妳們爸爸、媽媽的樣子就會浮現在我眼前。有時候，我會變得呆呆的，呆呆的，覺得人生是一場夢，而我已在這極不可愛的城市住了快四年整了。南燕的想法跟我一樣，我對於台北市，已經放棄了，起初還好，後來一點一點拒絕了它，現在的我住在一幢老公寓裏面，不與人來往，父母家中也不大回來，有時間都在看書，看書，有時候在國外旅行。

前年、去年我常在India、Nepal、Kashmir一帶。去年我開始回中國。上個月方自新疆回來（去走絲路）。下個月我再去北京以後，轉去青海，預計去三、四個月，一個人走。

去年將肋骨摔斷，插到肺裏去，也開了肺，苦了半年左右不能好，一好，就去了絲路。在這兒，我也很少跟西班牙朋友來往，我去年住院時，一個西班牙朋友去看我，我們講講西班牙文，我就哭了，他說「不要哭了，好了還是回西班牙去吧，我們合租一個公寓生活也便宜些。」事實上，這些都已是夢話，南施，人，是沒有回頭路可以走的，我也很難再回西班牙去了。明年我想回Espana一次，當然去Las Palmas，也許冬天再來了。

這麼寫信，對於西班牙的想念就更強了。我覺得，我們之間的相處，充滿了感情和真誠，這種情感，在中國不是沒有，也有的，可是整個社會風氣，口氣，卻不是如此，而且人不真誠。

南施，我有好多的話想講給妳聽，可是現在不慣寫長信，又想，妳有餐館，有咪咪，有小強，有父母，忙也忙夠了，看我的心事實在不必。在此地有一個好處，就是中國書，太好了，看不完。這幾年來，我有一個美國男朋友，一個德國男朋友，都不在台灣，我也不肯去，他們每年來一次。對於重組家庭這件事情，其實我內心一直很嚮往，但是實在不愛的人，沒辦法去嫁，這兩個就是不愛的朋友。這一年來，我將自己跟社會隔離得更嚴重了，朋友們也不大來往，我想，明年先去Madrid看看老朋友，再來Las Palmas看看老朋友，也許我會再活潑起來。

聽我母親說，吳叔叔（吳武官叔叔）來了台北，打電話來，我已在走「絲路」沒有碰到。請一定代我說一聲抱歉。

下個月我又將去大陸了。大西北是比江南不同的，將在冬天回來。

南施，小強，做父母是很辛苦的事情，但是這份喜悅也是很大的，恭喜恭喜！

請代向爸爸、媽媽、妹妹問候。

咪咪處，代我重重的咬她一口。小孩子一胖，我就想咬，好玩，好玩。（我還是覺得咪咪要減肥，太胖了。）

收信好快樂呀！

快恭喜我，我去編了一個電影劇，現在在大陸拍攝，已經快拍好了，是與香港導演「嚴浩」合作的。林青霞主演。

我現在一年有半年在中國大陸。

想念，寫得亂七八糟。

妳的三毛姐姐
ECHO

憲仁，你一定一定一定要在我回台之後來看我。我這一生太受上天疼惜，這一回的大陸行就是死了也值得。

致文學路上的知己

陳憲仁

謝謝你介紹我那麼好的書。
你開給我的好書，只買到少數幾本，可是受益極多。
人生最快樂的事情除了讀書之外，便是與好朋友談書，
這兩種情趣我都能體會，可說是三生有幸，謝謝你。

一九八二年十二月三十一日。

憲仁兄：

謝謝你介紹我那麼好的書。孫述宇先生所寫的那本《水滸傳的來歷、心態與藝術》，是我近年來所讀少有的好書。《世緣瑣記》也十分喜愛。你開給我的好書，只買到少數幾本，可是受益極多。人生最快樂的事情除了讀書之外，便是與好朋友談書，這兩種情趣我都能體會，可說是三生有幸，謝謝你。

《紅樓夢》的引介工作我已對學生們做完，以後如何去品嘗紅樓的美，當是學生們自己的緣分了。

目前我在講《水滸傳》，第一講是武松與潘金蓮「雪天簇火」那一段，寫來太美太好，細細字字句句去唸，真是享受。可是我個人對武松的看法與孫述宇先生不太相同。（我的看法是，武松對金蓮是有情意的，不然不可能飲酒七、八杯之後才潑酒罵嫂，是有掙扎之後才拒嫂的，最後當然理教人倫戰勝。）一說起書，又有講不完的話了。

謝謝你記得我，我沒有卡片給你，因為想寫一封信。今天是一九八二年最後一天，心中感觸良多。最近我仍是忙了又忙，在校時間除了教書之外，也在圖書館看書，很少與台北人來往，這一點十二分的好。

祝你和全家人有一個美好的一九八三年。
有好書請來通知。我願將讀書做我一生的事業。

又及：我有一本一九八三年的記事簿，另外印刷平郵寄給你，今天同時寄出。

Echo上

一九八六年十月一日。

憲仁：

這一次回臺灣的時候，有些捨不得的是三大盒如同圖書館內「書卡」似的西班牙各省食譜卡（一卡一張彩色照，反面是做法），還有一大本《西班牙四季食譜》。結果還是沒有帶回來。原先我想帶回來翻譯出書的。

今日收到你寄來「來今雨軒」中的那十八道紅樓夢食譜。原來在北平吃的，不是在香港。以我們南方人來看，第一，「油炸排骨」就不夠細氣，鵪鶉在十八道菜中做了兩道，是太多。除非味道完全不同。可是紅樓中那麼多菜，同一鳥蛋出現兩次太多（鴿蛋和鵪鶉並不差太多）。「五香大頭菜」是黛玉病中和粥所食，如要選入，當以小米稀飯來配，再分一桌「清粥小菜」。「鮒魚」這東西我一生中吃過十次以上，「籠蒸螃蟹」我們家以前也是常吃。再說那是湘雲請客，寶釵代出的主意，也是吃個秋興又不願麻煩廚房太多而想出來的「大眾菜」，不算精品。除了這幾樣以外，其他菜單沒有意見。

插圖中眾人觀看食品那張圖畫，好似是劉姥姥吃鴿蛋滑落地上，滿地的在找。桌子有問題。書中吃飯都是「八仙桌」，沒有長桌的，賈母坐處看了不慣，好似西方餐桌中主人坐法。如是八仙桌湊成的長桌，那麼不該只有四只桌腳。各人座前碗筷應該早已放好，凳子放得亂了，不該如此，即使在畫面上。何況他們是大府貴族人家。

那個有名的「茄子」，絕對不能當做一道菜來上，這以上的菜都不該是「一道一道」來的，（如果「來今雨軒」是如此上菜）要知，這是家常小菜，在賈府中，要來便是一起上，如同書中，各人挑愛吃的去吃，不是酒席。賈府中大宴親朋時也不多次，都沒道出如何吃（可卿喪事時當有，但無明文記載），書中所記，都是日常生活中的，當在一起吃而不是十八「道」（又來了，我最怕他們把「五香大頭菜」給單獨搬上來）。

這篇文章是好看，可是印出來的字太小，副刊我之不看，也是它傷眼太不堪，這一回細細看，很有趣，可是眼累。

「餑餑」昨日我還問了個東北人，以前住北平。她（顧伯母）說，「餑餑」事實上就是饅頭，只是做得比臺北的又小些。不是包子。

今日我在晚飯中與父母講起你寄來的《紅樓夢食譜》。媽媽不甘心，說憲仁會吃懂吃，下回他如來臺北，請浩芬一起來，孩子可否放在永和兩小時，我們來吃媽媽做的「魚」，還有我們的江浙菜。我當然是高興，如果兩小孩來，我們大人不能細品媽媽好菜（她的鹹菜豆瓣羹）的確一絕，她說來跟紅樓夢比一比。你對浩芬說嗎？請她來嚐嚐。

說到《紅樓夢》的食，又使我想到探春，她不能出門去，拿了錢叫寶玉到外邊市井上給她去買土製的小玩意兒。我想，中國那麼多民間的吃，可惜賈府裡都吃不到，如果真能買了進去吃，黛玉當然是第一個嫌髒不吃的，可是賈母見識廣了，她不見得不吃，她一吃，別人就都吃了。湘雲還有什麼不能吃的，有她帶頭，誰也吃起外邊廟口買來的好吃東西。只可惜都養在院子裡，沒有外面的繁華世界好吃好玩。

《水滸》中吃法又太粗了，只有一回，宋江在「潯陽江頭」吃鯉魚湯著了一下筆，其他人吃東西喝酒都是講斤的，是有趣。

我這一生，小食中最愛台食。豪華大宴只一次，在香港，金庸請吃「娃娃魚」（武俠小說中有出現過，如同人魚）還有狸貓，都非常好吃。台北有幾家好店，如你所說，有些好菜，但我都覺不夠，因我自己也是煮菜很好的，只是不做，非不能也。荷西做魚是一絕，可惜不在了。

西班牙人吃野味（十六世紀）非得將野物放至腐爛，肉快掉下來時才吃，亦是一絕。其實世上人都愛吃食，我亦愛食。最近回來瘦了一些，這十幾日在家中又胖了回來。

昨日荷西忌日，家中無人記得，我自然不說，還來了客人在家中大吃，我也陪著，心中漠漠然的，只到深夜，這才發呆，無淚。

謝謝看信。謝謝寄來好稿。

Echo

一九八九年四月十八日。

憲仁：

　　正在蘇州赴杭州去的船上。船在運河裡開。月亮白白的照著江南無邊無涯的油菜花田，還有一幢一幢白牆煙灰青瓦的雙樓農舍。我一個人。

　　正是四月十八日一九八九年清晨拂曉之前的白夜。

　　堂哥哥懋文睡了。

　　這不是璉二爺陪着林妹妹回家走水道去了？

　　中國十三天，沒有一天，眼中不衝出淚水來。故國家園，江山如畫，一旦置身其中，恍惚如夢。而今不知真假。

　　憲仁，不能再回到從前的我了。

　　撞了「寒山寺」的鐘。當時細雨黃昏冷春，寺中寂寂無人，三五遊客綠楓石徑不礙。小和尚認出三毛，拉去鐘樓說「妳敲」。

　　面對大鐘，鐘槌正對易經乾卦，三毛用力推動鐘槌，黃昏裡冷雨中一下再一下再一下，用力敲呀，慢慢敲，上一聲餘音接盡時，再一聲噹——

下鐘樓時，熱淚如傾。

初抵姑蘇當夜，表哥請吃飯，一個小女孩子拿上來一條白絲手帕，打開一看，無字。

——林妹妹來接了。

走時，碼頭送客已回，又是寂寂無人，慟哭之後倒在鋪上，用手帕蒙着赤紅的臉，這時，窗外有人叫名字，船開了，撲上去，岸上一個十六歲的女孩子不動也不揮手的向我直視告別。

——林妹妹來送了。

憲仁，你一定一定一定要在我回台之後來看我。

我這一生太受上天疼惜，這一回的大陸行就是死了也值得。

這是一次「紅樓夢」之旅，史湘雲大妹子，也來過了好多次，以各色各樣的形態來與我呼應，信不信，大妹子跑到我身體裡來，一瓶花雕下去，偷出花廳，走進小院假山後面，花裡躺下——醒來，哥哥嫂嫂圍著我笑呢，說：「妹妹吃了酒，睡在這兒呢。」他們叫我妹妹。

下一本書——

《悲歡交織錄》

作者：在春樓主

這封信，是由大陸對台灣發出的第一封信，給陳憲仁，她一生的好朋友。

三毛

荷西忌日，家中無人記得，我自然不說，只到深夜，這才發呆，無淚。

我發現，人在痛苦和快樂的時候，都是最寂寞的，這種心情，沒有法子分擔，說也說不清，說出來，別人如何表情都不能減少苦痛。

致心靈好友

薛幼春

我發現，人在痛苦和快樂的時候，都是最寂寞的，
這種心情，沒有法子分擔，說也說不清，說出來，別人如何表情都不能減少苦痛。
那天我沒有安慰妳，因我有過這種經驗。
幼春，妳對我好，心裏當妳親人似的。
希望下次寫信，給妳寫些快樂的事情。

一九八七年八月三十日。

幼春，《棋王》時收過妳的花，二十日才在近處見到妳的人，然後又是一束花。妳當然知道我愛白花，因為那也是妳喜歡的對不對？照片中的妳和真人不同，真人更美，多了一種神韻，那是拍不出來的。見到妳時，我很緊張。

那天上的課，如果分為「十講」將會非常有條理而且更扎實。我的《紅樓夢》是上課中最有心得的，只是不能寫。講，有一種語言的抑、陽、頓、挫，文字便不得。幼春，我很想問妳，如果我來開一個不登報的「文藝講學」會不會是一條新路？我上課上得非常好，而且上課者會有收穫，這只是一個想法，妳對我有什麼建議？

那天妳說起父親的死，我嚇了一跳，悄悄的觀察妳，可是那不是講話的場合，而我也在母親的病中受苦。我發現，人在痛苦和快樂的時候，都是最寂寞的，這種心情，沒有法子分擔，說也說不清，說出來，別人如何表情都不能減少苦痛。那天我沒有安慰妳，因我有過這種經驗，安慰根本沒有用，只靠時間化解妳的憂傷。在信中我也不安慰妳，妳知道我不是不關心，而是對妳沒有用。

西班牙男友已散了，其中因素很多，我想交往以後，我最最討厭他的就是他對任何人都沒有一絲一毫的愛心，他很自私很自私。當我母親被宣佈是第四期癌症時，我電話中對他說，他第一個反應就是生氣，對我說「那妳是不是就要少見我了，是不是？妳什麼時候可以把妳媽媽忙完？」我以前對於他對人的沒有同情心，一直不很喜歡，而且每次出去都是我付帳，這不是金錢問題，而是不公平的問題，每次都是我付，他要請我一次便叫得驚天動地，而且立即提出另一步要求（想妳已想得出來）。這一些又一些理由，使得我對他一次一次的灰心，直到母親病了，他不但不關心，反而立即聯想到他與我約會時間的減少。噯，算了。這只是我單方面的決定，目前他在德國，並不知道，我也沒有寫信給他。荷西的迷人，在於他實在是個愛生命，愛人類，愛家庭又極慷慨的人。不能比較的，荷西是親人，這男朋友，天天算計錢，天天跟我計較錢，我快累死了，每次坐計程車，都是他先下車，我付完帳再下車去追他……幼春，同是西班牙人，雲泥之別。我不要了，人真是相愛容易相處難。這位西班牙男友，把我的房子叫做「我們的房子」，又說，將來賣了可以去西班牙。我糾正他，那是「我的房子」，血汗錢存出來的，他冷笑，說我跟他區別。問題是，他不付任何代價，坐享其成，而我每次稿費，他就問我：「多少？多少？」一講講了那麼多，反正我不要了。

說來說去，我還是在想一件事情，就是妳的爸爸和媽媽。我不知妳媽媽現在心情如何，未亡人的心苦，只有過來人才知道，即使妳如何去善待媽媽，也沒有法子取代爸爸的位置。我的媽媽現在仍在醫院裏，她脾氣比以前煩躁，有些變了，而且有時對我們兒女或父親，都有些不體諒，她常常心煩。我一直忍耐，我愛她，我忍耐。媽媽不再是那個媽媽，我想，人在病中，是煩的。下週一切放射、開刀，都結束，只有回家靜養。那時我要負全責，洗衣、煮飯，做媽媽吃的、爸爸吃的（他有糖尿病，很瘦）。每天買菜、打掃、接待來探望媽媽的病人……我會很忙，但也是心甘情願的。媽媽得的是腺癌，並不是拿掉了便好，腺癌是全身亂跑的，我的壓力，就在日日等待她再發，這種心理，很苦。

幼春，我近來寫稿很少，妳說如我開「文藝講座」有沒有收入？我無人可以商量，只有請妳做參考。

寫了些雜七雜八的事，明日又要跑醫院，有時我一天跑三次，因爸爸也得在家吃飯。很忙。

心情上接近麻木，以前聽人家中有病人，天天跑醫院，我聽了就會很替他們悶，也就是在替他們的苦默默分擔，也沒有用。而今自己如此，也過了快一個月。

希望下次寫信，給妳寫些快樂的事情。

幼春，妳對我好，心裏當妳親人似的。謝謝妳買了我的書，這本書未見廣告。不知出版社為何不做廣告。

祝

安康

三毛

又：我們搬家了，我自己的家根本沒有時間去，都住父母家，因他們需要我。

電話：7××-2×××

夜十點以後打在家。

伊川說妳有旅行命，妳卻不嫁旅行社，有趣，有趣。

一九八七年十二月十二日。

幼春，如果不是病得不想活，不會去「榮總」看醫生，現在不談我身體。不必談。

其實那天妳來，我很累很累，但我不說，我不能與妳再談，原因是我撐不下去。那天看妳上車而去，心裏有一絲痛楚，覺得自己太狠心，可是我身體累，我怕再昏要嘔吐（當時我一直在頭昏）就不敢強求自己，不然我會說再多。

妳的文章（信），用詞越來越好，是一種功力，再去練，可以更好。

初戀是人生第一次的苦果，如果成了，倒未必是一種完美。愛情如果沒有柴米油鹽當然容易。我倒認為，沒有嫁是十分自然的事。不是我殘忍，一個人的人生，必然要有憾事，這才叫「完美」。不然公主、王子結婚去，哪來的「後來」。婚姻已如妳所說，是最複雜的功課。幼春，與妳談話中，隱隱感覺，妳對於某些東西——說不出來的東西，仍然有著渴望，這是妳婚姻中所沒有給妳的。這不成熟的渴望，切切從心裏拿掉，家的世界其實等於一個宇宙，其他人生的經驗可以不必追求，因為妳已為人妻，為人母。我說話這麼直是認為，朋友之間，貴在彼此愛護。妳的才華高，但心不能高，因為妳是母親。我總以為，一個人，做人要「眼低手高」才是智者，我們心中不生幻念，才叫「落實」。

我的家很平凡，我在任何地方的家，都比台北的美上十倍，當時有荷西，我將一生的愛，生命，才華，經驗，只用在「給他一個美滿的家」這件事上，而且，有成就感。荷西這個男人，世上無雙，我至死愛他，愛他，愛他，死也不能叫我與他分離。

曾經滄海，除卻巫山，他的死，成全了我們永生的愛情，親情，讚賞。我哭他，是我不夠豁達，人生不過白駒過隙，就算與他活一百年，也是個死，五十步笑百步。但我情願上刀山，下油鍋，如果我可以再與他生活一年，一天，一小時。我貪心。

德籍男友的戒指，是一個藝術品，我與他分別十六年之後再見時，曾經戴上給他看，但我給了妳，並不心痛，只因為我覺得世界上再也沒有如此「好玩」又美的戒指。何況是給妳。

與我分手的西班牙男友又回台北，我前幾日見到他一次，他哭了，我問他是不是「相思苦」，他又掉淚。我們講好了，做普通朋友，我不苦。不跟他決裂也好，做人不必那麼絕，因為我根本不苦。但我不會常見他。

目前我有美國訪客，他十二月二十二日才走。

幼春，我們最大的不同，在於妳早婚，我晚婚。這中間，沒有好壞之分，而人生品嘗的角度，便很不同。但我們一生並不是只追逐「創造」，我們也要享受「守成」。

妳說得太對了，女人的美，在於情操。外表是一時的，在情操上，妳我都要不斷提升，才叫「互勉」。

我不常與妳寫信，今夜太累，但我很想再寫。可是明早又要去陪朋友看看台灣，實在寫不下去。

那天妳來，穿得那麼美，我很感動，妳來我家，穿得那樣，是妳對我的看重。妳個人對色彩又何嘗不懂，妳也懂。近來我不太收集東西了，總覺得，多收多藏，到頭來人走了也帶不去。但恭喜妳得了好東西，一個人什麼也不要，也不求，人生有什麼好玩？

祝

好

三毛

「清揚」部分尚未看。

我自己的心態很平衡，三毛是三毛，我是我。不過畢竟也是很苦，苦在時間都被三毛分去。能夠一生塗塗寫寫，三五知己看看欣賞，實是人生一樂。

致忘年之交

倪竹青

青叔放心，我吃版稅，多多少少，一個人日子可過。
我個人極不愛吃、穿，不住華屋，
但對於「文物」是一狂人，亦不買，止於欣賞就好。
能夠一生塗塗寫寫，三五知己看看欣賞，實是人生一樂。

一九八九年七月八日。

竹青叔：

前一陣由臺灣直接寄去了一個大口袋的信、郵票、我家中佈置的全套照片，不知是否已收到？是六月二十日發出的。以往的信，有時請香港友人代轉，但他們不肯收代轉郵費。我認為長此下去，終是麻煩了朋友。現在臺灣已開放直接與大陸通郵，實在令人快悅。只是不收掛號以及包裹，只受理平信。

的確，國內動亂，使我們憂急，因我們不是政治人物，也不過是一些平凡不過的百姓。我擔心雙方政策如果改變，我們又一次人天永隔，而人尚存，信息不好通，將是我至苦。幸好雙方都沒有講不可通信的話，國內來信也很多，我也知國內平靜，就放心了。

此次在國內，除了張樂平全家之外，我也在各地交了許多朋友，他們都有信來，使我真是快慰。竹青叔，最近來信都有收到（一封是嬸嬸寫來的），嬸嬸文筆好，對我最是疼愛，我已在六月二十日寄出的信中有回覆（寄辦公室，因是大信封，顧念信封大，家中郵箱小，可能放不進去而寄辦公室，叔要的郵票胡亂剪了一些，下次再剪了寄上）。

這次的信，為何未寫嬸嬸之尊稱呢？原因是我又要來談「書畫」了。是這樣的，我得了叔叔墨寶，內心甚為寂寞，但初時找了生意人朋友，我與叔叔一樣，志氣很高，未言求售（誰捨得？），他們馬上想到價格。使我心中黯然，也不再去了。由此再印證了，生意人，百分之九十，都是一看到物，就想是否「轉手有利可圖」，這是他們職業的本能，不可批判。但我不是。我父親更差（他很怕很怕向人收取當得的公費，開出來的價，是其他律師的六分之一，青叔，你看父親老不老實？）。

好，我有一日來了一位女友（又一位），她是攝影師，窮得要命，可是人太有程度。她來送我一幅照片，我在家中拿出青叔手稿來給她看。次日，她打電話給我，說，有三位朋友（都不是生意人）想看青叔手稿，我因太忙，說等四日可好。他們不等，昨日自攜飲料、酒、菜，在夜間八時抵達我家。

我看他們如此真誠，連吃的、喝的都不麻煩我（連筷子都自備而來）。於是，我當然做了一些「心理誘導」。我先聲東擊西，把手邊所存的別人書法、字畫拿出來給此三位行家先閱。他們看了也很客氣，說不錯不錯。但我知他們並未被激起內心感動。於是把他們吊胃口吊了一小時，開始介紹那一生淡泊、不求名利、自得其樂的竹青叔。也將這批手稿如何全部到我處的故事講出來。當然啦，竹青叔、嬸如何把老箱子贈我，如何打開來一看——青叔傾盡半生心血而不多言一句的胸懷，都在那故事中講出。好，青叔，我們五人，攝影師王瑤琴、侯秉政律師（五十多歲）、林正賢（四十歲左右）、小善（學書法的一位女孩，二十多歲），我們由夜九時，看青叔稿，到天亮（天完全亮）才散。看八小時。不夠。

侯律師、林正賢兩位性情中人，看了幾度偷偷擦淚。他們與我一模一樣，我們看人的字、畫，要看入書畫中那作者創作時的心路歷程，那就是「精神」，而「功」是次要。青叔是「功力」足，「精神」更極感人。兩者不可缺一。那林正賢討來青叔照片，一面看青叔相，一面看字畫。我是忍著，忍著，等到他們看了小幅，這才把小楷、小體行草鋪出來。看見一幅尚未寫完的《赤壁賦》，竹青叔也交給我，一時大家嘩叫：「三毛，竹青叔如此對待妳，他是傾盡所有了呀！」

青叔，你不知你自己有多好，這幾位朋友，他們是一種性情中人，侯律師嘛，也不太辦案，天天拍照，看書法，背詩詞；那林正賢是為「五斗米折腰」之人，在上班；王瑤琴根本只教了一班攝影班，半餓死狀況；小善是個小女孩（在我眼中）。當我們看見青叔有一句話「五斗豈能折我腰」時，這林正賢說「我愛上竹青叔叔了，哦，我愛上他了」。一定向我要青叔地址，說「要寫信給青叔，說：青叔，此道不孤」。我說外間翻拍一張，要十元美金。他們雖然口說太貴了，結果昨日借去六幅（行草），我盯得緊，叫「林正賢，你如果給我掉了，我先死給你看，你再自去跳淡水河」。林正賢將你一張照片（內有嬸嬸）也偷去了，要去翻拍。此地好友之間，講話真是真誠。

這尚不夠，他們現在心不死，原先因擔心國內在亂，要等平靜些再去，現在——我們只為一個人去，就是竹青叔叔（他們私底下都尊稱你竹青叔）。青叔，我根本不擋，林正賢也是拍照狂，他們講，要來看竹青叔，而且要自杭州包車直放沈家門。偷偷拍叔的生活起居一兩日，再請青叔同車回杭州來，我們一同去玩。如青叔體力吃得消，他們想請青叔在杭州附近走走，再同去蘇州（我們乘天堂號赴蘇州，看太湖、周庄古鎮）。其實，他們想搶些好照片（不是三毛，是竹青叔）留給息戈、止戈、平戈傳家。叔，他們是大師級的，但平日不拍人像，是拍風景。當心，這幾日侯律師、林正賢可能會向您去信。是交一個朋友，表達他們對青叔的敬愛。

我知，這些人不是草包，他們也不會被我騙倒。是青叔的成績激起了他們的感動。都哭吆。他們說：我們去看竹青叔嬸時，絕對不麻煩她，自己在街上吃好東西才去。拍兩天就好。也不要青叔寫字。

他們在商量，我們一大箱帶去，全是文房四寶，最重要的是好宣紙，好印泥（我們去西泠印社買），如青叔要看什麼帖，此地有一家書店，有兩百〇二種中國歷代以來名人字帖，是日本人出版的。我當它是圖書館，常常去看，一套要十一萬臺幣，合四千四美金。可是，如買一本，才十八美金。我們不必全部，我看青叔很愛鄭板橋、蘇東坡，如青叔開些名人字帖來，我將大喜，因二〇二本買不起，如買十數本，又何妨？請青叔快快開來。

又，我在市面上見一印譜，是齊白石的，但未有「註」，我看不懂。印譜在此我也看，但不是太多。帖也不多，是日本人出了，我們大悅。他們又說，要送叔一套刻印的刀子之類，尚有印子。

總之，青叔，我的朋友們，跟我一樣，都是真情流露，自然而然，又很淡泊名利，直暢親切之人，完全不理政治，我們也不去管國家大事，連錢都不想去「折腰」之人，天天浸淫在詩詞歌賦、畫畫、攝影之中。我又加了一個本事，我看書看得成「痴」而不肯再寫（人家寫得比我好）。

青叔放心，我吃版稅，多多少少，一個人日子可過。我個人極不愛吃、穿，不住華屋，但對於「文物」是一狂人，亦不買，止於欣賞就好。這三年來在臺灣，我手中所見古董真多，是他人收藏，我去看看。結果上次去「浙江美術學院」參觀，看校內收藏，也可接得上話，不丟臉。我表哥嚇了一跳，大概什麼朝代的文物，我看看就可說出來。油畫我在全世界各大博物館中也看了太多。倒是中國部分仍覺不足，要再有時間慢慢進步。

青叔，您的作品，現在極愛之人，有一，是我至交好友王恒，拉大提琴，也是高雄交響樂團副指揮，他自己也練過毛筆，但眼高手低。是他愛惜青叔，今日我去他家中拿菜（他夫人燒好，叫我去拿），他翻出一對聯，為鄭板橋之字拓下來的，要送青叔。我看他自己亦是千難萬難方才得來，不肯拿。又翻出七、八顆雞血石，叫我拿了給青叔。我亦未拿。另一就是那看青叔字哭出來的女友。另外，是一個國文老師，他收于右任的字，苦到吃饅頭，騎腳踏車，可是收書法。他看了青叔的畫，其中一幅「竹椅，貓，紅辣椒」叫了起來。此人又看青叔把竹、石、詩夾畫，說古人是有此畫法。又是青叔欣賞者。

再來就是向叔叔請售橫幅小楷的那兩位。另外就是上面所講的侯秉政律師、林正賢、王瑤琴、小善。我們現在都約好，絕對不要竹青叔有名，一定要保護。竹青叔看到此處一定笑出來，但肯定能懂我們的深情。一旦青叔成了大名，求字求畫之人，永無寧日，作品也不再是「隨心所欲」，反而失去人生快樂自在。

我自己的心態很平衡，三毛是三毛，我是我，但只見「身役，形役」，我的「心役」是絕對不肯。不過畢竟也是很苦，苦在時間都被三毛分去。能夠一生塗塗寫寫，三五知己看看欣賞，實是人生一樂。所以我們很寶愛青叔的目前，但是您看，已有人來求青叔售字了。這我來接，不可強迫時間，青叔想寫才寫。對了，還有一人至愛青叔之畫，就是《明道文藝》主編陳憲仁，亦是我好友。總結起來，文人愛青叔。文人中又有在此中苦求名利之人，但我不結交。我這數位朋友，真是對青叔崇拜至極，我亦有榮哉。

今日青叔六月十五日來信中，有給父親一封，他大喜。父親不肯跟我們同行，就是嫌我風頭太大，使他手足無措。但心中，又偶爾在等待收了來信指名給他，此種心情，我很明白。父親七十七歲並不老，但自己不寫信，如何又等人來信？他現在已不太提筆了，但收信仍極喜。他也不見得立即回信。好在，他收青叔一封信，可喜半年以上。

今日只做二事：去朋友家中拿菜，寫信給青叔。

現我已搬回自家中來住，原因是臺灣已入酷暑之期，我自宅樓頂上有一小花園，必須每日澆水，花才不低頭。我如不住此，要每日來澆花，實在費事費時。母病又開刀一次，現我每日回家看看。母親是好母親，我心中自是愛她，三年來我日日在家中，她沒有想吃想穿，天天講她的病。夜深人靜母睡，我方匆匆回些信，看看書。但母親一覺睡醒方才清晨四時，我未睡。她又摸來我房中講話，等她講好話，又去再睡。但天已亮了，我失眠。

所以我搬回來自宅中住也好。但日日去看視，也煮晚飯。父親自願洗碗、擦地。我也給他做。這是他對母親的感情，他要做，喜擦地，我也不去搶（沒有用，他很堅持）。好在姐姐、弟妹都有煮菜去，也很孝順。

我小住此二月，又會搬回去。心中實在矛盾。因我平生極愛，就是靜靜看書，不喜講話，更不喜應酬。凡書都看，不一定是文學。目前在看中國園林大師陳從周先生的一本好書，叫做

《說園》，是陳大師此次在國內送給我的。我也每周去一次一家極好書店，看日本人出版的《中國帖》。那家店無人去，有冷氣，不趕人，座位燈光一流，等於一流圖書館。他們叫我去做「店長」，我覺得上班時間太長，早九時至晚九時，薪不高。一旦做了店長，就忙，反而不能如客人坐下看書，我不去。

青叔那日在沈家門家中對我說，孩子們有彩電，叔嬸看看黑白就好。我其實沒有忘記這一句淡淡的話。今日接信，大喜。止戈得了彩電，送給父母看，令我心中非常欣慰，這是止戈的孝心，我看了至為感動。不過，我覺得，青叔嬸沒有冰箱，暑日來臨，如有冰箱可以放菜。是否我來時，可在港購一小冰箱帶單子來給青叔？我不大知道可否。不然我們現地買也可以。秋天如果一切不變，我和朋友們很想來，我們再議細節。

我是擔心，政治局勢要變。我們是一群一生與政治無涉之人，但是如果海峽兩岸要改，那我要傷心死了。對於國內，除了有些親戚煩人之外，一般朋友、各單位對我真是沒話說的好。出版社也有信來，請我去領稿費，來信真是客氣有禮。我深愛中華民族，自忖國學太差，要向國內跑的次數還有許多次。張樂平先生亦有信叫我再去家中小住，我對他，也是有緣，非常愛他，也處得非常愉快，跟他全家，都好。

舟山故鄉，我根本未看清楚，都是三毛此名累人，但鄉親愛我厚我，電臺、電視臺對我亦是極好。我內心實在想再來一次，悄悄與朋友們來，三日內就走，又不足。不然，不回故鄉，請青叔來杭州，但那愛上了青叔的瘋子林正賢定要拍青叔日課照片，不來舟山，他必不滿足，因他當然想拍嬸嬸。這些以後再講。嬸嬸、弟弟們要什麼，請來信告知。此次我等於未對弟妹認識，實是當時人太多，止戈、息戈根本不能談話，心中甚悵。連嬸嬸，我都未談，但嬸嬸對我情深厚愛，我都領會。玉鐲在我處。珍藏。土產事，見面再說。

三毛敬上

在當代中國作家中，與　您的文筆最有感應，看到後來，看成了某種孤寂。

致敬佩的作家

賈平凹

在當代中國作家中，與　您的文筆最有感應，看到後來，看成了某種孤寂。
今生閱讀三個人的作品，在二十次以上的，
一位曹霑，一位張愛玲，一位是　您，深深感謝。
沒有說一句客套的話，　您所贈給我的重禮，
今生今世當好好保存，珍愛，是我極為看重的書籍。

一九九一年一月一日。

平凹先生：

現在時刻是西元一九九一年一月一日清晨兩點。下雨了。

今年開筆的頭一封信，寫給　您。我心極喜愛的大師。恭恭敬敬的。

感謝　您的這枝筆，帶給讀者如我，許多個不睡的夜。雖然只看過兩本大作，《天狗》與《浮躁》，可是反反覆覆，也看了快二十遍以上，等於四十本書了。

在當代中國作家中，與　您的文筆最有感應，看到後來，看成了某種孤寂。一生酷愛讀書，是個讀書的人，只可惜很少有朋友能夠講講這方面的心得。讀　您的書，內心寂寞尤甚，沒有功力的人看　您的書，要看走樣的。

在臺灣，有一個女朋友，她拿了　您的書去看，而且肯跟我討論，但她看書不深入，能夠抓捉一些味道，我也沒有選擇的只有跟這位朋友講講《天狗》。這一年來，內心積壓著一種苦悶，它不來自我個人生活，而是因為認識了　您的書本。在大陸，會有人會搭我的話，說「賈平凹是好呀！」我盯住人看，追問「怎麼好法？」人說不上來，我就再一次把自己悶死。看您書的人等閒看看，我不開心。

平凹先生，　您是大師級的作家，看了　您的小說之後，我胸口悶住已有很久，這種情形，在看《紅樓夢》、看張愛玲時也出現過。

有次在香港有人講起大陸作家群，便一口氣買了十數位作家的作品，一位一位拜讀，到　您的書出現，方才鬆了口氣，想長嘯起來。對了，是一位大師的誕生，就是如此。我沒有看走眼。

以後就憑那兩本手邊的書，一天四、五小時的讀　您。

要不是　您的贈書來了，可能一輩子沒有動機寫出這樣的信，就算現在寫出來，想這份感覺——由　您書中獲得的，也是經過了我個人讀書歷程的「再創造」，即使面對的是作者　您本人，我的被封閉感仍然如舊，但有一點也許我們是可以溝通的，那就是：　您的作品實在太深刻。不是背景取材問題，是　您本身的靈魂。

今生閱讀三個人的作品，在二十次以上的，一位曹霑，一位張愛玲，一位是　您，深深感謝。

沒有說一句客套的話，　您所贈給我的重禮，今生今世當好好保存，珍愛，是我極為看重的書籍。不寄我的書給　您，原因很簡單，相比之下，三毛的作品是寫給一般人看的，賈平凹的著作，是寫給三毛這種真正以一生的時光來閱讀的人看的。我的書，不上　您的書架，除非是友誼而不是文字。

臺灣有位作家，叫做「七等生」，他的書不錯，但極為獨特，如果　您想看他，我很樂於介紹　您他的書。

想我們都是書癡，昨日翻看　您的《自選集》，看到　您的散文部分，一時裡有些驚嚇。

原先看　您的小說，作者是躲在幕後的，散文是生活的部分，作者沒有窗帘可擋，我輕輕的翻了數頁，闔上了書，有些想退的感覺。散文是那麼直接，更明顯的真誠，令人不捨一下子進入作者的家園，那不是「黑氏」的生活告白，那是　您的。今晨我再去讀，以後會再讀，再唸，將來再將感想告訴　您。

四月（一九九〇年）底在西安下了飛機，站在外面那大廣場上發呆，想，賈平凹就住在這個城市裡，心裡有著一份巨大的茫然，抽了幾支煙，在冷空氣中看煙慢慢散去，而後我走了，若有所失的一種舉步。

吃了止痛藥才寫這封信的，後天將住院開刀去了，一時裡沒法出遠門，沒法工作起碼一年，有不大好的病。

如果身子不那麼累了，也許四、五個月可以去西安，看看　您嗎？倒不必陪了遊玩，只想跟　您講講我心目中所知所感的當代大師——賈平凹。

用了最寶愛的毛邊紙給　您寫信，此地信紙太白。這種紙臺北不好買了，我存放著的。我的地址在信封上

三毛敬上

致日本譯者

妹尾加代

沒有妳的深情與努力，沒有日文版的誕生。
謝謝妳。我在此信中擁抱妳。
我想將自己的著作全部送給妳，但目前太忙太忙，連吃飯的時間都談不上，
希望明年出書時，能夠擁抱妳。

一九八八年五月十一日。

加代：

收到妳的來信真是很高興。我的書一共有十數本，其中跟《撒哈拉的故事》取材有關連的另一本，叫做《哭泣的駱駝》，不知妳看了沒有？

我的書，有三、四次去跟日本出版公司商談，都沒有下文，如果妳想試一試的話，真是歡迎。不過妳有孩子、丈夫和家庭，在工作上會不會拖得比較長呢？

總之，我很喜歡妳替我試試翻譯成日文，不過要累了妳。或是，最好先找一家出版社，他們答應了，妳再工作，是不是比較不會白做？其他細節我們再談好了。

另外航空寄上《哭泣的駱駝》一本給妳做紀念。當成印刷品寄出。

我的通訊處是：

陳平（三毛）××路1××-3號××樓

台北市，台灣，中華民國

電話：(02)7××-2×××

祝妳

快樂

朋友三毛上

一九八八年八月九日。

親愛的加代：

再有妳的消息真是太好了。我覺得，《撒哈拉的故事》只是第一本書，後來我又寫了許多本。直到一九七九年我先生荷西 Maria Quero 在水中逝世，那一連串的人生，才是有血有肉的深刻人生體驗。我想把全套的著作寄給妳，「撒哈拉」的生活，充滿了生命中的光和熱，直到荷西意外身亡之後，才是涕淚人生的開始，是真正以血以淚寫出來的文章。丈夫過世九年了，我的心路歷程很長，也成長了太多。我知一口氣講出來，以妳一個人的精力，是太累太累，可是可以請人合作，由妳做總結的修正和翻譯。

我們不必急，一旦有出版社感興趣，他們就會有計畫的出全集。不然，先出《撒哈拉的故事》以及《哭泣的駱駝》也可。但妳不要太累，要找人做妳的副手，一同來做。以前我在台灣的出版社好似代我接洽日本一家叫做什麼「小學？？」的出版社，但沒有回音。目前在全世界的中國人，都在看我的書，加代，但我只有台灣才收得到「版稅」，整個中國大陸印了我接近一百萬冊書，沒有付我版稅，但我並不太生氣，寫作最可貴的是：把心靈與朋友分享，把人性的光輝傳揚給世界上的人，而不只是為了金錢，妳懂得我的，是不是？

下星期我會寄一個「包裹」給妳，是我全部的著作，妳收到一定十分欣喜。請妳慢慢看。

《撒哈拉的故事》只是第一本書，直到一九七九年荷西在水中逝世，那一連串的人生，才是有血有肉的深刻人生體驗。

至於《撒哈拉的故事》以及《哭泣的駱駝》的「節譯本」是早已出了十六國語文，所得稿費全部才三千美金，我覺得太少了，可是也賣斷了。加代，等我的「包裹」，我會快快航空寄給妳。日本出版的事，真對不起，辛苦了妳。親愛的朋友，我不知如何感謝妳，妳太辛苦了。

小松先生請特別謝謝！感謝你們。我很感激。十月十五日我再去印度、尼泊爾旅行，十一月又在台灣了。九月也在台灣。深謝。祝好

三毛敬上

一九八八年八月十四日。

親愛的加代：

我們翻譯的事情，能成就好，不能成，也得了妳這位知音，請不要有太大的壓力。

這本書，原想與其他的作品打包裹寄給妳。可是目前我的「肌腱發炎」太痛苦，需要去住院了。我沒有秘書，目前去郵寄包裹就提不動那麼重的書。我一本一本寄給妳，就比較省力。怕妳久等，所以盡快寄上。

目錄中有紅圈的是與沙漠故事有關的，這一本非常感人，有一兩個故事。〈哭泣的駱駝〉這一篇當是沙漠故事的結束。不過請妳指教了。等我手背不再劇痛了，我會再與妳連絡。這幾天真是太痛了。辛苦妳。祝安康

朋友三毛上

上信收到了嗎？

一九九〇年六月五日。

加代：

我的好朋友。來信今日收到了。不知說什麼才好。妳打電話來的時候我正由中國「絲路」回來，在生病。舊傷又發。妳的好消息，我一直有一種做夢的感覺，不大相信那是真的。開始等妳的來信，終於等到了，說不出對妳多麼感謝。

許多的話想對妳說，很多，很多，因為自從荷西逝世以後的這十年半，我經歷了太多的變化。《撒哈拉的故事》是我不再敢去看的書，有一次翻了幾頁，快要發狂了，一直呆呆的。

我在台灣的出版社只有「中文版」的出版權，而「著作權」仍屬於我本人，所以在日本出版的事情只需我與妳的同意，就可以簽約了。

請妳有時間的時候，給柏原先生再連絡一次好嗎？我也等候他與我連絡，我們此地來的合約如是日文，可以請翻譯社去譯的。加代，我們再合作《哭泣的駱駝》。又要辛苦妳了。

我父親的FAX號碼是：886-2-3××7×××。

請轉告柏原先生好嗎？我是想自己辦這些事，可是怕日文不通。加代，謝謝妳，謝謝妳。

請告訴我，可否寫中文信給柏原先生？

（我在病，對不起，寫得短。）

三毛上

一九九〇年十一月七日。

親愛的加代：

沒有妳的深情與努力，沒有日文版的誕生。謝謝妳。我在此信中擁抱妳。

所要的「前言」，EL ALIUN阿雍小城的大略地圖，以及我家中當時的平面圖在此寄上給妳。另外READER'S DIGEST的日文版節譯本影印也附上給妳，當時地理情況和時代背景在最後一頁，有日文說明。

我想將自己的著作全部送給妳，但目前太忙太忙，連吃飯的時間都談不上，因我在去年受傷以後用九個月的時間去編了一個電影，現在已拍攝完成（在中國東北拍的），前日被宣佈此片已入圍港台最重要的電影大獎「金馬獎」十二項提名。我被提名「最佳原作編劇獎」候選人。（但我並不滿意這部片子。）

去香港參加此片「首映典禮」。十一月十幾日回台灣。又被迫接了另外一個電影劇本。我也很喜歡這份工作，只是太累了。

希望明年出書時，能夠擁抱妳。

再度謝謝。請問候柏原先生。

三毛

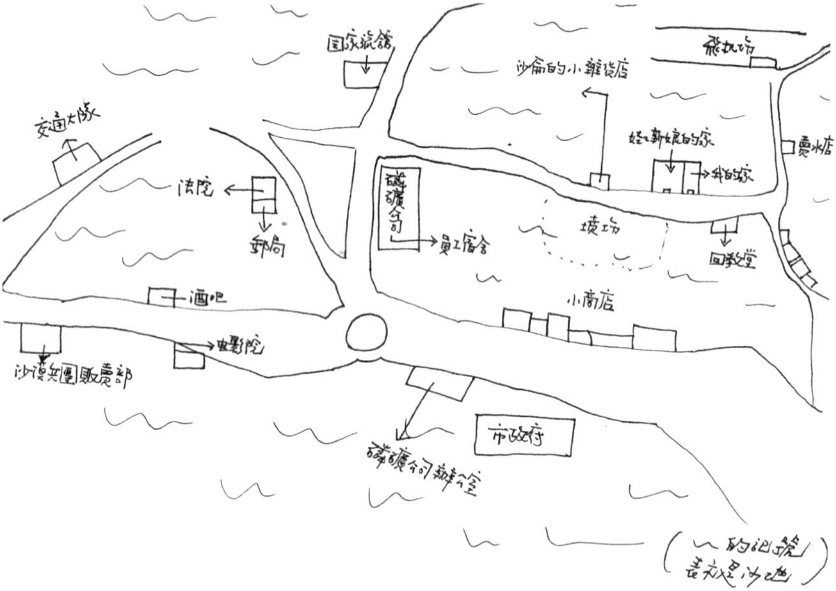

EL ALIUN阿雍小城的地圖

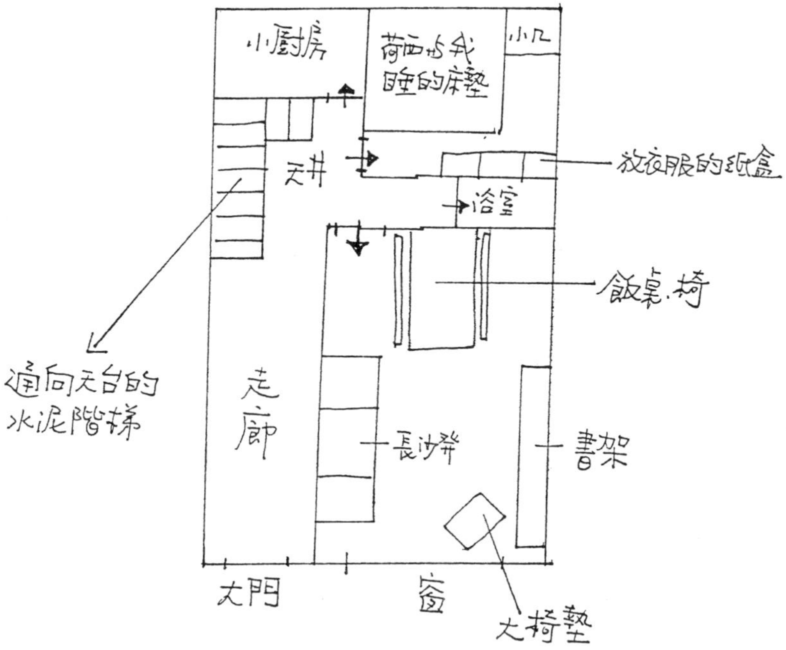

這是我在 EL ~~AAIUN~~ 的小家平面圖。
ALIUN

弟弟，我對你所做的第一步，就是要你開心起來，開開心心的知道，三毛姐姐疼愛你，絕對的寶貝你。

致乾弟弟

郭星宏

姐姐對你的情感，是至死方休，一生一世的愛著你，如同姐姐的親弟弟一般。
好孩子，要常常快樂，寂寞時，寫信來給姐姐。
姐不忙時，也給你寫。
紙短情長，我的小弟弟，你可要什麼都告訴我。

一九八六年十二月二十五日。

親愛的星宏，我的好弟弟，收到你寫來的長信，本來因為昨日熬夜，已經累得快崩潰了，可是我又起床來給你回信。來信的人有好多好多，可是我沒有每一封都回。收到了你如此真摯的來信，文筆又極好，道盡了一個苦孩子心中對於人生的嚮往與無奈，你又那麼的信任我，把什麼心事都告訴了我，我心甘情願而且極快樂、光榮、欣喜的接納你這麼好的一個弟弟。可是我實在是太忙太忙了，也許我們只有依靠通信來保持連絡，等我忙完了明年的新春，才去與你見面好嗎？我們靠書信來關心彼此，是你信中的姐姐，請你原諒我，在這幾個月，沒法來看你。

細看了三次你的來信，我深知你是一個如此懂得上進的人，可憐的孩子，你年紀那麼小，卻懂得拚命去讀書，真是難能可貴的。首先，我想對你說的是，你不要把自己想成那麼沒有用，你看你不是參加作文、畫畫和書法比賽？可見你是有才華的。現在你身體的情況那麼苦痛，可說是一個「支離人」，但是你給我寫來的信仍是字跡清楚，文筆生動有餘，短短幾張紙，道盡了由小到現在的辛酸。雖然我看信也落淚，可是又有一種聲音在告訴我，這個孩子不平凡，不是沒有前程的。星宏，目前我認為，你可能需要一輛輪椅，不可以把自己關在一個小房間內，即使再麻煩家人，也要不害羞的麻煩，因為他們是你最親愛的家人，對你做什麼都是出於愛。這種病，東折西折的，可說是太痛苦了，可是親愛的弟弟，目前你第一步不是去想誰養你的問題，而是如何建立自己。不可以自憐，要往光明的一面，勇敢的一面去做人。我知道你的父母很愛你，我覺得你可以自修，去找一樣合適自己興趣的東西，去買書來研究，因為只有看書，是不必行動的，用手捧著就可以看。我覺得，在目前，只有書本可以使你的「內在精神」再度重建，不但如此，你頭腦不成問題，將來唸到某一種程度的時候，水到渠成，成績來了都擋不住，可是，弟弟，你先得去付出自己再一度的努力——不上學了，去自修。

如果你喜歡文學，就去好好看書，如果買書的錢家中覺得貴，你便來向我討，我可以替你買書寄給你看，可是我只知道文學、哲學方面的，對於其他，就不太知道了。弟弟，我對你所做的第一步，就是要你開心起來，開開心心的知道，三毛姐姐疼愛你，絕對的寶貝你，你是一個很可愛的人，我看了信就知道。這封信是先要使你快樂一點，我們慢慢的一步一步走，我寄書給你，你給我每月一次簡短的「讀書心得」，讓姐姐在信中與你一同進步，好不好？目前你坐著寫字有沒有困難？會不會痛？寫來苦不苦？如果太苦，就不必有讀書報告，只說讀了，喜歡或不喜歡就好了。讀書可以使我們居陋室而海闊天空，這真是人生一大快樂和享受，而且，人是越讀越有眼光的，等到你「十年寒窗」之後，那枝筆一定可以「拿筆尾」——去寫作，投稿，成為如同「杏林子」那樣的作家。反過來說就算去「看廟」也是一種對人類的服務，天下事無分貴賤、大小、高低，只要內心平靜，我們不偷不搶，有什麼羞恥？這種心理，你一定要坦坦然的建立起來。你的一生在肉體上，心靈上，都吃足了苦頭，可是為什麼就承認自己是無用的？這一點，我不同意。好弟弟，你如果很快樂欣慰的收到我的來信，就請你辛苦一次，簡短的告訴我是不是想看書，然後我給你買了寄去。

很可惜我住北部，你住南部，我們不能立即見面，但是我要在信中支持你，幫你快樂。我的永久地址是這一個，我寫下來：

台北市，郵政××支局××信箱

陳平。

電話：(02)7×××7××

(02)7×××8××

如想打電話給我，你打來，我立即掛掉，再由我打給你，那麼長途電話費就是做姐姐的來付，不必增加父母的開銷。打電話給我請在晚上十一點以後，我才會在家。你先打7××7××找我（父母家），如我不在，你再打7×××8××（我自己家，但我大半在父母家中睡覺）。我的電話、地址，只說給你聽，你不可告訴別人，因我太忙了，最怕電話。我們通信可以告訴你的父母親嗎？請問候他們。

三毛

一九八七年一月六日。

親愛的星宏：

自從那封信在報上登出來之後，許多許多不同的報社、電台，都打電話給我，向我要你的地址。可是在沒有得到你的同意以前，我絕對不會答應別人去打擾你，因為不知你的心態，也不知你父母是否答應。雖然這些要去採訪你的人，都是出於一片愛心，他們實在是也想去愛你，才會來我這兒問東問西的。我覺得如果被採訪，可以治好你的病，或者可以使你快樂些，那麼是好的。如果只是去採訪，把你煩得要死，又於事無補，不如不理這些人。

可是，星宏弟弟，我認為這個社會還是有著極大的愛心和關懷，我們的同胞是很好的。他們關心你。

目前我因為太忙了，「肝功能」已經壞了，這是太累了累出來的，可是我不能休息，因為這個月的工作都是上個月預約的，而且還有三萬字的稿沒有寫。

星宏，姐姐在這上半年不會來看你，可是心中放著這件事情，我一定會去看你的，而且會預先通知。我們家中，我的父親、母親，都很疼愛你，我爸爸說：「請星宏把姐姐的來信收好，每一封都收好，將來姐弟共出一本書信集，那星宏就可以出書賺錢了。」我覺得我父親的想法很好。請你不要把我的信丟掉。

小民是一位很有愛心的女作家，她主動把書送來給我，叫我送給你的，我是她的好朋友，一定代你去謝謝她，她會很高興。

剛才我去找你的第一封來信，無論如何找不到（我來信是一箱一箱的）。我爸爸怪我不當心，我再去找一次。

不多寫了，輪椅可能推到外面去看看景色嗎？

姐姐上

星宏：

現在你的第一封來信也找出來了，勿念。

我發覺你很有繪畫的天才，每一封信後面畫的圖片都很精彩。我們慢慢的想，星宏，說不定你也可以走上畫畫這條路。

好啦！弟弟。讀書心得慢慢要寫了。一次五十字好了，不逼你。

你居然看過我那麼多書，真正是我的「知音」。我自己的弟弟（兩個，都已成家了）從來不看我的書。

這幾天又要寄書去給你了。請問候爸爸，媽媽。

姐再筆

一九八七年一月七日。

親愛的星宏弟弟，這是我有生以來第一次收了一個好弟弟，我心裏也是開心得不得了。我的父母看了你的來信，對你也是喜歡得不得了，歡迎你參加我們的大家庭。我有手足四人，一個姐姐，兩個弟弟，都已各自成家，現在我們又有了你，從此以後，星宏，我也是你們家中的一份子，你也是我們家中的一份子了，兩家做個「乾親」你說好不好？我既然認了你，就得把家中的情形講給你聽，才算不是敷衍你。

輪椅要一萬五千塊一張，可是我認為那是必需的，我們浙江人（生長台灣）收乾弟弟是要請酒的，我覺得請酒沒有意思，又浪費，不如給你一個見面禮金，也是姐姐的一點心意，請你不要跟我生氣。現在我先把自己的書寄給你看，你慢慢看，不要傷到視力，要在光線好的地方去看書。你的父母非常偉大，我希望你有了輪椅生活可以快樂些，媽媽有空時請她推你出去，把你放在陽光下，不必推太遠的路，你坐在陽光下看書曬太陽，對健康有益。

星宏，姐姐太忙太忙了，一時不能來看望你，可是我們今生總是要見面的。如果我一時沒有信，絕對不要胡思亂想，那表示我太忙了，絕對不會忘記你的。書，每月寄兩本，按時。如你有指定的書要看，寫短信來就好（怕你手瘦），我可以寄給你。星宏，我的丈夫是在幾年以前意外喪生的，我傷心了很久很久，內心的那個疤到現在也沒有好，可是我不再哭下去了，我要做一個快樂的人。讓我們彼此共勉，灰心、失望時，彼此鼓勵，所謂「手足情深」。今天我忙了一天，很累了，請你原諒姐姐不寫長信。明日①匯款②寄書③寄信，都會處理。

你的父母一聽聲音就是很好的人，我很喜歡他們。弟弟背生字，如果記不住，叫他把英文字的拼音找成與中文發音相像的字去背，如Book，可想成「簿克」，便容易記住。我也手疲了，請等我的書，整套的慢慢寄給你。星宏弟弟，你是我的弟弟了，我們應該大笑三次，表示高興。你聽見我在此大笑大叫嗎？好開心呀！寄上我的照片給你。

姐姐三毛上

我本名叫「陳平」。

一九八七年一月十二日。

親愛的星宏：

「讀書心得」只是一種給你的功課，我只是要你有一種做事的感覺，而且要學會對自己慢慢的負責。所謂心得嘛，很簡單，說說由這本書或那本書中得到哪些啟示，就叫心得。不要怕，慢慢來，也不要太放在心上，看完一本書，有什麼收穫，就寫來告訴我。不必長，想寫就寫，不想寫，或沒有心得，就不寫。

你不要對自己沒有信心，你的來信好極了，我們當然可以出一本書，是「三毛和星宏的書信」，賺來的錢我們兩個人來分。你有寫信，當然可以和姐姐分錢，不過以後我們寫信要寫寫心情啦，人生觀啦，台南家中的生活啦，而且要寫得真誠，不然那本書信集就不好看了。我們還有許多東西沒有講呢。

輪椅做好了時，姐姐要求你寫輪椅的功用，你對新椅子的心情，被推出家門去看看天地時有什麼悲傷或喜悅，父母又如何的心情。你寫信來寫這些，就變成了一篇好散文了。

訪問這種事情，我也不知對你有什麼好處，除了使你的病情被社會注意之外，我也不知還有什麼好處。我覺得我們兩人好好通信，以出書去賺錢比較正當而有成就感。我們寫兩年的信，就可以出了。弟弟，你不要以為自己差，你就去寫來給我，如同對姐姐話家常一般就好了。

姐姐在台北編一個歌舞劇《棋王》，五月份要演出，所以很忙很忙。為了寫稿，也在熬夜，還有許多演講和活動是推不掉的，每天都是事情，所以身體很不好，常常要累。而家中的電話一天響五十次以上，我和媽媽都被煩死了，例如要我去演講，要求採訪，要我給人寫序，要我去吃飯，要我去書店剪綵，要我去上電台……而大家好似忘記了，姐姐也得靠寫稿去賺生活費。這些事情是瞎忙，可是都沒有錢的，有時叫我去演講，聽的人上千，講了兩小時快把我累死，而空氣又壞，我所得到的演講費，居然只有五百塊，六百塊，太少了。所以我對演講不太感興趣。有些人，在社會上，演講是先開價格的，我認為非常對，可是我是沒有開價格的，因為我不好意思講價，就隨便人送。一般是一千元。如果能夠得到兩千，我會比較高興。

好了，星宏，我們真是姐弟了，兩個人講的都是真心話。上面的話，對外人我不說的。採訪的事，我覺得對你的病無益，但是如果有一年（一年半以後）我們通信有了成績，要共同出書時，我們必定接受採訪，因為那對你有益，就是賣書賺錢。說了那麼多，這種信將來便不能發表，畢竟太私人了，我們以後寫些心情或想法的事，出書才好看。

星宏，我在二月二十四日以後，會很忙，也許不會寫信，可是會打電話給你。可是如果你手不痠，請寫信來。我們開始在一起做書了。請你告訴爸爸、媽媽，星宏的書信可以出書，自己養自己還可以分給爸、媽。

以你的年紀，你的來信程度很好了。

記住，每封信我們都要寫上年，月，日，出書時才有用。

姐上

一九八七年三月四日。

親愛的星宏弟弟：

這些日子來忙碌得要了命，可是心中沒有一刻不寄掛著你。我們之間，也許是前世真的是姐弟，姐姐對你的感情一日深似一日，幾天沒有寫信給你，就會很急，怕你等信。所以打了電話，而電話中卻只是叮嚀你幾件事情，沒法長談，因你我還不慣講話，我們通信中又比較可以講。

你的兩封來信中的「讀書心得」寫來都非常有見解，與姐姐的看法一樣，讀了心中很高興。今日本來要給你寄一套姐姐譯的漫畫書《娃娃看天下》去給你，可是父親不知道，把我在家中的存書都搬到新家去了（我們下月搬家，一點一點在搬書籍）。因此今天無法寄給你，明後日我去拿了便給你寄上。是非常好看的書。

星宏，姐姐從昨夜開始，為你唸誦「南無妙法華蓮經」，這是一個朋友教我唸的，說這七個字有無上的能力，可以解救你，使你的病減輕，以前也有這種例子，靠唸這種經文，改善了好多病人。姐姐電話中與你說的是，有南部的「道友」（佛教徒）非常有愛心，他們要去了你家的地址與電話，要去你家教你媽媽誦唸。因他們說，這種病，是胎中帶來的，母親唸，最靈。你母親雖然不識字，可是一共只有七個字，靠背的音節和誠心就可以。

星宏，你萬萬不可視這件事為迷信，因為有太多的先例，靠這經文，救了許多人。傳給我這經文的人，是一個國中的老師，她也是知識份子，可是她因親眼看見有人生病因此好了，所以切切的要我教你。如果南部的朋友一時中沒有去你家，那麼姐姐在電話中教你唸，你再去教媽媽唸，同時姐在台北夜夜為你的病助唸，誠心誠意，一定有效果。

再說，你父親那麼苦去賺錢，姐姐看了也很心痛。可是我也仔細想過，如果我們向社會呼救，要求大家付出愛心，給星宏一個新家，這就很難。社會上，人心複雜，如果有了星宏的例子，別人又來求姐姐，姐姐心中不一定願意。如果說，給星宏治病，就很有理由。可是姐姐私底下慢慢進行，不公開，向朋友們去說，請大家幫忙，暗暗的去做，也許也有結果。我去試試看，請你先不對父母說，如有了，我便匯去，你就交給爸爸，多多少少貼補爸爸一點，也算星宏的心意和金錢。對社會大眾，我就不說了。

至於說，那麼多人要到大都市中來工作，其實也非常難，在台北，人浮於事，找一個工作，難上加難，而且房租好貴好貴，辛苦工作，相對的開銷也大。在都市中，容易墮落，青年男女來了都市，學壞了的很多，成年人來，也不見得有什麼好。可是反過來講，如你父親每日騎車六十公里來回去上班，也太遠太累了。

姐姐在台北忙，都是雜誌採訪，學校演講，他們不付錢給姐姐（如採訪），如去演講，很小氣，給得也很少，可是又不能去跟人爭價格。只有每月寫稿，非常辛苦的去寫，也不過每月寫三萬字以下，稿費只夠生活開銷。在任何地方，賺錢都不易。正如你說，世上有了金錢就有了煩惱，我們不能離開金錢而存活，這真是很叫人無奈的事。

親愛的弟弟，我總有一天要來看你的，如果可能，六月會來。在這之前，姐姐忙著做許多事情，但是會常常給你寫信。請你不要氣餒，姐姐對你的情感，是至死方休，一生一世的愛著你，如同姐姐的親弟弟一般。好孩子，要常常快樂，寂寞時，寫信來給姐姐。姐不忙時，也給你寫。紙短情長，我的小弟弟，你可要什麼都告訴我，尤其是家庭狀況。你到底有幾個弟弟？一個？兩個？

姐姐上

一九八七年

親愛的星宏：

沒有一日忘記你，可是太忙太忙了，因我父母在搬家，我多少總得幫忙。加上欠稿，演講，採訪，什麼寫些朋友新書的序，就夠忙了。我要寄《娃娃看天下》給你，也沒有寄，這個週末三場演講，一場採訪，一場喜酒，一場吃飯，就完了。忙不過來。

星宏，姐姐認了你，就是認了，萬一沒有信，不要傷心，胡思亂想最不好。你的信都收到，讀書心得也收到，我恨自己沒有時間。下次如收到姐姐十一月份寄去的零用錢，要來告訴，不然也許我們雙方都沒有收到，被郵局拿去了。

弟弟，可惜姐姐不在你家附近居住。我一定在今年來看你。

你的鄉土很美，來信也好。心中不要不快樂，姐姐很愛你。

匆匆寫的已夜深了。台北大雨。

姐姐上

我跟你說，家家有本難唸的經，你不要太在意家中的氣氛，學著冷靜。

最近出去曬太陽，最好戴一頂帽子。

一九八七年四月十七日。

星宏：

下次來台北，有姐姐在了。你的爸爸、弟弟來，也有姐姐在了。沒有人敢歧視你，你看那位你的「老哥」，高雄煉油廠的工程師李程清先生，他自己生了皮膚癌，還在出院後寫信給你。他一定會去看你，只是遲早問題。

「如果」有人敢歧視你，姐姐先把那個人打死。

剛剛去了台中演講回來，好累好累，快快寫封信給你。

請告訴爸爸、媽媽、弟弟，你自己，台北有姐姐在。寄去《皇冠》一本收到了嗎？匆匆寫來，無非掛念。

祝好

姐姐上

台北也是冷雨。高樓不好，又擠又亂。

一九八七年六月九日。

親愛的星宏弟弟：

很久沒有給你寫信了，日子一天一天的忙下去，我總是想找些時間給你寫幾句話，可是總也忙不過來，因為我的爸爸、媽媽在搬家，我也有一個房間在父母家，所以天天忙著搬（我們沒有請搬家公司，都是自己手足幫忙，已搬了不下數十趟）。今天是我第一次在父母的新家給你寫信，家中大半弄好了。姐姐的生活是如此的，每星期與父母同住大概是五天，另外兩天自己家中去住，姐姐有兩個住的地方。星宏，關於李籃清大哥叫你背書默書的事情，你不要緊張，他的年紀比較大，所以對你的愛心比較嚴格，姐姐自己就是一個最不喜歡死背的人，所以對你——弟弟，也是採取「自由式」的方法，因為這種方法最愉快，收穫也不能說不大，要看唸書人的性情而論。這幾天姐姐一直想找《水滸傳》這本中國古典白話小說給你看，我想明天上街替你去買，可是《水滸傳》這本書很厚，你拿在手中會不會吃力或手痠？另外，姐姐也在替我們找兩架一樣的收音機和卡式錄音機，你一架，我一架。在台北，有許多商店，我想找一台兩千五百塊左右的，形狀不大，可以收電台，也可以放卡帶，下個月下旬去送給你。星宏，我想七月二十六日左右去台南，順便接一場演講（在關廟），這樣我便是二十五日（星期六）或二十七日（星期一）去你家，（二十六日星期六留給我用來演講用）。請你及早告訴我，你喜歡姐姐二十七日去看你，還是二十五日去看你？姐姐都可以也都方便。在這以前，會再跟你打電話和寫信。快要見面了，好高興，到時候我們兩個人都不許哭哦，難得相見，要快快樂樂。

請謝謝媽媽給我找了石磨，不過這一次姐姐可能是坐飛機下南部，因為開車來太累，我父母也不放心，如果坐飛機來，那麼就確定是二十七日（七月）來你家，雖然你的爸爸星期一會上班，我可能碰不到，可是我可以見到你媽媽。最主要的是，可以跟你相伴數小時。石磨一定要用車子運回來，我很想要，可不可以請你媽媽替我保存起來，等我下回開車去時才去搬？

星宏，姐姐是很疼愛你的，你的信寫得比姐姐多，請原諒姐姐的忙碌，沒有多寫信。

你喜歡吃什麼東西能不能夠告訴我，如果有特別愛吃的，姐姐可以買來給你吃。不然，一小台「收錄音機」是一定帶去給你的，你如果忍得住，那麼就忍住，如果現在也買了那五百元的收音機也沒有關係。

陳素漪是教我唸經的一位朋友，她很熱心，我也是好久沒有跟她連絡了。她說唸經有用，可是我替你唸了幾次又沒有恆心，就停了。許多話要講，又講不完。見面再講。

再謝謝媽媽的石磨。

弟弟，你要快樂些，姐姐只要活著一天，就顧你一天，你不要太憂傷，現在有父母，將來有姐姐。

五月份一千元有寄出，可是為什麼沒有收到呢？是交給爸爸陳嗣慶寄出的，他說要補給你。是爸爸不好，他不用匯款偏偏放在信封內，下月我來時一次給你半年的，比較保險。錢寄掉了是我爸爸的錯失，他不可以放信封內寄的。不要難過，我再寄。

姐姐上

一九八七年七月七日。

親愛的星宏：

弟弟讀書的問題（大弟）我的看法跟你一樣，弟弟去養殖場工作，夜間自己讀書而不是再跑那麼遠去補習。如果小弟在台南，要生活費，大弟又去實習，補習，又要生活費，這樣對父母來說負擔太重太重了。可是我講的，大弟一定不同意，姐姐認為，生活的磨練是很重要的事，加上自己苦讀，再買參考書，不見得比補習差。你的苦心我明白，希望弟弟們不要再不讀書。你小弟可能不是很喜歡唸書，你做哥哥的，就得分析他的性向，究竟是讀書好，還是去學一門手藝，得個一技之長。姐姐最敬愛面對現實的人，如果今年小弟又沒考上，就只得做打算，而不是只往讀書中去求前途，不知你有什麼看法？如，叫小弟去學個一技之長呢？

從你的來信中，姐姐感到你對這個家情感很深，很愛護弟弟，把家中的問題都往自己身上擔，而因此憂心。星宏，世上有許多事情，是解決不了的，這就是人最深的悲哀吧！在我的生活裏，也有許多苦痛，自從荷西死了以後，做姐姐的，在精神上非常痛苦，八年了，都無法再快樂起來，我也不再跟人講這些，因為沒有人能瞭解。目前我跟著爸爸、媽媽，同時又怕他們總有一天會過去，到了那時候，我也是只有一個人了。星宏，我知你已夠苦夠苦，很多我的苦，就不跟你講。

七月二十七日我們總可以見面了，目前我的父母不知是否要跟我一同南下，如果他們南下，我就帶他們一起來看你，可是目前不知道。這個月的零用錢姐姐不寄，七月來時一次給你半年，數目比較多，你拿個整數也比較有用。我很想多跟你一起，可是這一回的去，可能還是來去匆匆。姐在台北好忙，好忙，都睡不夠。星宏，大弟的事情，你跟他再商量。小弟考試如何來信告知。

三毛

一九八七年七月二十八日。

親愛的星宏：

看到了你的那一霎間，我也緊張得有些說不出話來。你比我想像的要更瘦，使我心痛不已。骨頭碎成那種樣子真叫人又氣又難過。我真不明白老天是什麼意思，就算我們前世做了壞事，下輩子又不記得了，怎麼可以用下輩子來補？這是很不公平的，況且你什麼也沒有做，是個極善良的孩子。這種病，我看世界上沒有幾個人生過，偏偏是你，你說這殘不殘忍？雖然止痛藥多吃了不好，可是如果實在太痛，星宏你就乖乖的吃藥。

從你家回來，那位開車帶我去的許先生（關廟去的）一路上都在嘆氣，我當天晚上住在許先生家，當晚我就跪在地上求神，請神一定要使你不痛，而且我向神要求奇蹟，一定固執的要神來救你。星宏，姐姐是基督徒，可是也不反對任何正派的宗教，可是我禱告時，是向神，耶穌基督去求。姐姐很想你也有信仰，可是又擔心你父母是佛教徒，怕他們反對你信基督教，所以沒有向你講過宗教的事。星宏，當你心裏憂傷，身體又痛的時候，你叫神來安慰你。如果你對耶穌基督有排斥心，那就喊救苦救難的觀世音菩薩也是好的。

星宏，以前你常常以自己的病自卑，這是最不應該的事。我知道你心裏太痛苦，不願見人，可是這又不是你的錯，你是生病，不是做了羞恥的事，所以你一定要多多見人，在陽台上見到村人也可以打招呼。李大哥講得很對，你要多講話，把心情放開朗起來。如果已經被病磨折成這個樣子，你再把個性悶起來，不是更苦？姐姐九月中旬又要來看你，那時候姐姐不會再找許先生同來，可以多跟你相處一陣，我們可以講講話。

收音機是一架日本進口貨，我想你可以在不看書的時候多聽廣播，在廣播中收聽知識。我覺得，星宏，《每日新聞》一定要收聽，才知天下大事，另外有許多好節目，你自己去找找看，弄熟了，就按時聽。我有一個女朋友，名叫陳麗玉，她住在台中縣大甲鎮，目前她沒有再上學，在工廠做「作業員」，她說，她每天一面做工，一面聽收音機，在知識上收穫很多。這位朋友也是十分掛念你的，她會寄書給你，收到時不要奇怪。星宏，你也許不知道，很多人愛你，很多人關心你，我怕他們太打擾你，所以不許他們寫信給你，怕你回信太累，我自己每次給你寫信總是深夜，而且我也不寫給別人，只寫給你。

關於新房子的事情，我極擔心你家的新房子地基太低，一下雨又要浸水，請你千萬跟爸爸說，要把地基做高才好。一個人建一幢房子是應該的，沒有什麼閒話好說，我們幫你是出於一片同胞手足之愛，跟房子沒有關係。而且，有一幢屬於自己的家也是很高興的事，你病得那麼苦，有一天住進新房子一定心情也好些。所以不必理會人家說什麼，你不要去聽那些閒話。倒是我實在不能明白，星宏，你爸爸收入也不多，一家五口（對不對？父母，你，兩個弟弟）生活之外，又加小弟在外生活，你吃藥，外加房屋貸款，這些錢怎麼夠用？請告訴姐姐，你小弟在台南讀書一月要花多少？姐姐給你的錢要不要交給父母？另外我想問你，你的爸爸在做事，那你做孩子的看病有沒有「工保」或「勞保」，你看病要不要付錢？（我說住院等等）請你去問爸爸，下次來信告訴我。

下星期姐想寄些偵探小說來給你看，有時我們讀書不必當成太嚴肅的事情，看看娛樂性的小說也沒有什麼不好。

姐分給兩位弟弟的零用錢你要給他們，你自己的存起來，將來總會有用的。星宏，我寄望你把你從出生就寫起，用講話的口氣去寫在稿紙上（叫弟弟去台南文具店買六百字一張的稿紙，不貴的，多買些，大約一百元或兩百元），每天寫一段，就如對我寫信一樣，從小時候寫起，姐要督促你，要你成為有用的人，你不可怕困難，將來寫成一本書，姐為你去出版，你可以賺錢。

千言萬語，說不出我對你的情感和愛，還有，我要你寫作，你要有用，不可自暴自棄。目前在生病，可以不寫，等不痛了，每天寫六百字。不過你也不要太有壓力，姐總是疼你的，可是要你努力。我看你的文筆可以寫作，正如你所說，鄭豐喜文筆不怎麼樣，可是他的書精神感人。精神比文筆重要。星宏，你是有用的人，要有希望，不要放棄，不要灰心，姐姐一直會鼓勵你。

謝謝你的媽媽為我收集那麼多「甕」和石磨，下次姐開車南下就來搬。你看，你說姐姐愛你，你媽媽對姐姐不是一樣的好，她為我討來了那麼多姐姐喜愛的東西。請告訴媽媽，所有民間老的用品，姐都愛。

請告訴爸爸，新房子可不能進水。什麼時候房子才建好呢？房子的門一定要大，你可以出入，叫人做大些的門。

弟弟，你快樂，姐姐也很快樂，你悲傷，姐姐也悲傷，我們兩人也不知前世有什麼緣分，大概是姐妹或兄弟。星宏，你再痛還是要去吃藥呀！要勇敢，堅強，快樂。好了，姐姐明日還有事，我去睡了。

手痛就少寫信，等休息夠了才寫。

信收好。我的爸爸、媽媽也很愛你，我們兩家做好朋友吧。

姐姐上

一九八七年八月十一日。

親愛的星宏：

姐姐的媽媽得的是「癌症」，目前已經三進三出醫院，下週又去住院。

姐出國去只四天就趕回來照顧媽媽。心裏很亂，很難過，因我實在太愛我的媽媽。你的痛好一點沒有？那個醫生收你們一千塊很壞，我不相信他的膏藥有什麼用。宏，你是不是再去高雄看一次醫生？這樣長期痛下去很苦。

姐現在專心去照顧病中的媽媽，精神上的壓力很大，因我隨時可能失去她。如來信，不要提我媽媽的病，因有時爸爸看你來信，他會受不了。媽媽情況嚴重，但爸不太知道有多嚴重，我們瞞著爸爸。

出國回來再與你連絡，那時我大概每天跑醫院。如你收不到我來信，不要懷疑姐姐對你的關心，姐只是在忙著跑醫院。

我會打電話。

姐姐匆匆草筆

一九八七年九月三日。

親愛的星宏：

知道你來過電話，可是姐姐每天都是忙到接近十二點深夜才有時間打電話。剛剛打電話給你，電話鈴響了四下無人接，我趕快掛掉，免得吵了你們家人的睡眠。

星宏，你的痛怎麼了，有沒有好一點？如果吃止痛藥可以比較好，你就去吃，但是同時要服胃藥。姐常服的一種胃藥是乳狀的，叫做「胃乳」，下次來信告訴姐姐你吃止痛藥後胃的情形。

另一件事情姐要跟你商量，星宏，你是一個病人，這種病，長年要拖下去，我們必須面對現實。我認為，錢對你很重要，但是你一定要告訴姐姐，每月的錢是存起來了，或是交給父母去貼補家用。姐的意思是，姐想替你在郵局開一個「存款戶頭」，存摺寫明是郭星宏，以後如姐給你錢，就存在銀行戶內，一個月一個月存，兩三年以後可以是一筆整數，我們姐弟兩人不是自私，而是姐姐要「你」有一個存錢的地方，將來老了，可能只有你一個人時，我們可以動用以前存的錢活下去。如果每月零碎花掉，不是沒有一點存下來嗎？這一點請你想一想告訴姐姐，不必拘束，如果你有別的想法，例如：交給父母，姐也能瞭解，但新房子的部分，必須有你一份名字在內。

星宏，原諒姐姐只為你著想，姐實在是愛你，想為你做最妥善的安排。如你同意，姐就去開戶，這種戶，任何地點的郵局都可領錢，是最方便的。存摺姐每月都會影印給你，當你要錢時，你便說。或且存摺由你自己收好，但只為你自己，不能做別的動用。星宏，你必須面對事實，你要錢，在以後的日子裏，必須存起來，集少成多。其實你躺在床上，算算錢也算姐姐給你的功課。

這月在姐這兒有七千元，你是要開戶存，還是要就由姐匯去，請來信告訴。

我的媽媽開刀由胃一直剖到下面，可以說是「開膛破腹」現在她回家休養，可是每日必須去醫院做「鈷六十」的照射。姐姐每天照顧她，洗衣，煮飯，燙衣，買菜，掃地，接待來看望她的人，也照顧七十五歲的老父，時間很緊，心裏壓力很大，因媽媽開刀後一直喚胃痛，已有二十多天沒吃東西，我們懷疑是橫隔膜與胃黏住了，而她不可能再開刀，再開她要死了。這整整一個月，姐姐每日忍住悲傷，盡可能對媽媽好，可是她得的病很危險。

自從看見你以後，心中沒有一日忘記你，每天星宏、星宏的唸著你，你感覺到了嗎？本來九月又要來看你，可是母親那麼重病，我走不開。也許十月可以來。搬了新家請速告我，並告我地圖，如何走法，這封信我明日打了電話再寄出。星宏，姐姐常常想念你，要快樂些，這樣姐比較放心。

姐上

上次照片為何沒有寄給姐姐？

來信寄信封地址。

一九八八年一月十三日。

親愛的星宏：

對於寫作的事，姐沒有在上信中再提的原因，並不是沒有看信，而是姐實在不忍心逼你。如果你覺得內心沒有力量和技術去寫作，姐說破了嘴也是沒辦法。而且你不能久坐，姐也瞭解，就沒有再提。

星宏，有關你不願回想的事情，姐也不願逼你去想。只是姐姐對你總有期望，期望你在這樣的苦難中還是要有快樂，有希望，有用。而不只是安慰你。

李大哥對你十分關心，不然他也是個病人，他犯不著去管你，我會跟他打電話，把我的看法告訴他，會說得很婉轉，不會得罪他的。星宏，姐姐是個大忙人，身體又壞，常常忙到三更半夜，我的日子，星宏弟弟，你是不能瞭解的，因此姐心中掛念你，可是連來一次南部都不成。姐後天出國去，二月五日回台，匆匆寫信通知你，免得掛念。星宏，李大哥我會去說。乖。

姐上

一九八八年四月二日。

親愛的星宏：

我在台北也為了你的事情打聽了許多醫生，他們的看法和南部的醫生講得差不多。你的病，只有忍耐，等候變化。我知你十分十分痛苦，現在只有承認事實，忍耐下去。

電話中我也跟你爸爸講了兩次，醫生說是微血管的問題，我也知道了。這種腫瘤，只有等它鈣化，可是如果太痛時，止痛藥要加胃藥一同吃。

星宏，對於已經存在的事實，我們沒有法子改變的，就必須去忍受。姐不是不關心你。這一陣因為你的病，姐也急死了。本來醫生告訴我的情況不是很樂觀，所以我請你爸爸趕快帶你去看。看醫生是很費事的，姐在台北看一次醫生也是六、七小時以上，等。

現在醫生對你沒有辦法，我們只有服藥，用冰袋去消腫。這一定要做。冰箱內去放一個「冰袋」，在藥房內有賣。是一種內裝軟膠的口袋，放在冰箱內做冰的那一格去，就會凍成一塊冷的硬體，不必用真正的冰塊，以前我說要寄給你，可是現在請你家人或弟弟到台南藥房中去買，一百多塊就有了。

另外姐挪了一萬塊錢給你，另外匯上。這一萬塊不是姐一個人的，而是我們家的人大家湊出來的，不必個別寫信去謝。反正是我父母，我阿姨，我姐姐，另一位鄭小姐以及我自己湊出來的——請只許用在醫藥費上，因你需要醫藥費。不可先去買別的，不然再去看醫生又沒有錢了。收到匯款請來一短箋，姐實在很想減輕你的苦痛，可是我們仍然需要看醫生。星宏你要堅強，再苦也得撐下去，如不好，不要怕麻煩，再去看醫生。姐只有對你如此說，你要服止痛藥。忍過這一段苦時期。姐寫字手臂痛，不寫了。保重。

姐上

一九八八年七月四日。

親愛的星宏：

在我少年的時候，我眼中少有別人，只看到自己。等到我成長時，我眼中大半看到別人，少看自己。你的苦是真苦，世上真是難以找到這麼苦的病，所以姐看到了你。星宏，這種痛苦為何偏偏發生在你身上，已經不必再去找答案了，因為沒有答案。

既然已經如此了，如果情緒仍是極不平靜，那不是又給自己找了麻煩嗎？姐沒有辦法醫你的身體，可是姐這十多個月來一直在想醫你的心。姐不願「陪苦」，姐要求你多多少少快樂起來，不然你的病不能好，姐因為你心事重重，不是拖人下水，於事無補？

星宏，我之所以要求你看書，看書，實在是用心良苦。姐知道你很聰明，可以自我教育，你的情況，也只有看書方便，而書本雖然不能治我們的病，但可治我們的心。起碼，看一本好書，使我們神遊另外一個世界，可以忘記一下本身的處境。更何況，書看多了，對於人生的認知便會不同，在心境上必有提升。

另有一點，我很喜歡你用功的去讀書，這不是為了什麼目的，星宏，我期望你和書成為最好的朋友，書是不會看完的，書也不會反抗你，疏遠你，冷淡你，相反的，你是不是反抗書，冷淡書，疏遠書？姐開出這樣的功課來，有很多理由，你讀了兩三年書之後，心境必然不同。

星宏，姐的媽媽已發了兩次癌症，現在又躺下了，她的心情是面臨隨時可來的死亡和折磨，姐在家中的壓力也很大，恐懼也很大，責任也很大。而我自己的病，都不敢再提。來信不必提我母親的病，怕她看了心情不好。

宏呀，我們不能對任何人有要求，你上信所說之事，我想，久病之後，誰都會比較漠然。你要爭氣，要一日一日進步。書的事情，一個月買十本，不過一千元，而且聽說台南市，有地方買舊書不貴，叫你弟弟去替你跑腳，他當替你去做。一個月十本，如有心得，專心去看，很好了。

宏，姐的身體也不好，但我不告訴你了。

寄上幾顆「抗憂鬱」的美國藥，心情太不好時，睡前服一顆，服了比較愛睡，可是的確有用。是姐的醫生開的，絕對沒有副作用，如服了好，來信再寄上。我叫它「快樂藥」。你現在就服，一週後來告訴我。

姐

三毛一生大事記。

- 本名陳平，浙江定海人，一九四三年三月二十六日（農曆二月二十一日）生於四川重慶。
- 幼年期的三毛即顯現對書本的愛好，小學五年級時就在看《紅樓夢》。初中時幾乎看遍了市面上的世界名著。
- 初二那年休學，由父母親自悉心教導，在詩詞古文、英文方面，打下深厚的基礎。並先後跟隨顧福生、邵幼軒兩位畫家習畫。
- 一九六四年，得到文化大學創辦人張其昀先生的特許，到該校哲學系當旁聽生，課業成績優異。
- 一九六七年再次休學，隻身遠赴西班牙。在三年之間，前後就讀西班牙馬德里大學、德國哥德書院，在美國伊利諾大學法學圖書館工作。對她的人生歷練和語文進修上有很大的助益。
- 一九七〇年回國，受張其昀先生之邀聘，在文大德文系、哲學系任教。後因未婚夫猝逝，她在哀痛之餘，再次離台，又到西班牙。與苦戀她六年的荷西重逢。
- 一九七四年，於西屬撒哈拉沙漠的當地法院，與荷西公證結婚。
- 在沙漠時期的生活，激發她潛藏的寫作才華，並受當時擔任聯合報主編平鑫濤先生的鼓勵，作品源源不斷，並且開始結集出書。第一部作品《撒哈拉的故事》在一九七六年五月出版。
- 一九七九年九月三十日，夫婿荷西因潛水意外事件喪生，三毛在父母扶持下，回到台灣。
- 一九八一年，三毛決定結束流浪異國十四年的生活，在國內定居。

- 同年十一月，聯合報特別贊助她往中南美洲旅行半年，回來後寫成《千山萬水走遍》，並作環島演講。
- 之後，三毛任教文化大學文藝組，教〈小說創作〉、〈散文習作〉兩門課程，深受學生喜愛。
- 一九八四年，因健康關係，辭卸教職，而以寫作、演講為生活重心。
- 一九八九年四月首次回大陸家鄉，發現自己的作品，在大陸也擁有許多的讀者。並專誠拜訪以漫畫《三毛流浪記》馳名的張樂平先生，一償夙願。
- 一九九〇年從事劇本寫作，完成她第一部中文劇本，也是她最後一部作品《滾滾紅塵》。
- 一九九一年一月四日清晨去世，享年四十八歲。
- 二〇〇〇年七月三毛遺物入藏國立文化資產保存研究中心籌備處。現址為台南市中西區中正路一號國立台灣文學館。
- 二〇〇〇年十二月在浙江定海成立三毛紀念館，由杭州大學旅遊研究所教授傅文偉夫婦籌劃。
- 二〇一〇年《三毛典藏》新版由皇冠出版。
- 二〇一六年十月二十六日三毛作品《撒哈拉歲月》西班牙版與加泰隆尼亞版，於西班牙出版。
- 二〇一六年十二月二十日國立台灣文學館出版《台灣現當代作家研究資料彙編．89．三毛》。
- 二〇一六年至二〇二〇年三毛書出版九國不同翻譯版本。
- 二〇一七年四月二十日中國大陸浙江省舉辦「三毛散文獎」決選及頒獎典禮。
- 二〇一九年美國《紐約時報》（New York Times）推文介紹這位被遺忘的作家三毛，同年Google於三月二十八日選取三毛為華人婦女代表。
- 二〇二一年《三毛典藏》逝世30週年紀念版由皇冠出版。

國家圖書館出版品預行編目資料

請代我問候 / 三毛作. -- 二版. -- 臺北市：皇冠，2021.06；面； 公分. --（皇冠叢書；第4949種)(三毛典藏；12)
ISBN 978-957-33-3734-8（平裝）

863.56　　110006952

皇冠叢書第4949種
三毛典藏 12

請代我問候

作　　者—三毛
發 行 人—平雲
出版發行—皇冠文化出版有限公司
台北市敦化北路120巷50號
電話◎02-27168888
郵撥帳號◎15261516號
皇冠出版社(香港)有限公司
香港銅鑼灣道180號百樂商業中心
19字樓1903室
電話◎2529-1778　傳真◎2527-0904
總 編 輯—許婷婷
美術設計—嚴昱琳
著作完成日期—1991年
二版一刷日期—2021年6月
二版二刷日期—2024年10月
法律顧問—王惠光律師

讀者服務傳真專線◎02-27150507
電腦編號◎003212
ISBN◎978-957-33-3734-8
Printed in Taiwan
本書定價◎新台幣340元/港幣113元